[英]培根 著　吉喆 译
FRANCIS BACON

一切的奇迹
在你自己

北京时代华文书局

图书在版编目（CIP）数据

一切的奇迹在你自己 /（英）培根著；吉喆译. --北京：北京时代华文书局，2020.6
（轻经典系列 / 陈丽杰主编）
ISBN 978-7-5699-3665-0

Ⅰ．①一… Ⅱ．①培… ②吉… Ⅲ．①随笔－作品集－英国－中世纪 Ⅳ．① I561.63

中国版本图书馆 CIP 数据核字（2020）第 061494 号

轻 经 典 系 列
QING JINGDIAN XILIE

一切的奇迹在你自己
YIQIE DE QIJI ZAI NI ZIJI

著　　者｜[英]培根
译　　者｜吉　喆

出 版 人｜陈　涛
选题策划｜陈丽杰
责任编辑｜袁思远
执行编辑｜高春玲
责任校对｜周连杰
封面设计｜艾墨淇
版式设计｜段文辉
责任印制｜訾　敬

出版发行｜北京时代华文书局 http://www.bjsdsj.com.cn
　　　　　北京市东城区安定门外大街 138 号皇城国际大厦 A 座 8 楼
　　　　　邮编：100011　电话：010－64267955　64267677
印　　刷｜河北京平诚乾印刷有限公司　010－60247905
　　　　（如发现印装质量问题，请与印刷厂联系调换）

开　　本｜880mm×1230mm　1/32　印　张｜6.5　字　数｜200千字
版　　次｜2021年6月第1版　　　　印　次｜2021年6月第1次印刷
书　　号｜ISBN 978-7-5699-3665-0
定　　价｜42.00元

版权所有，侵权必究

目录 CONTENTS

读书 / *002*

求速 / *005*

野心 / *008*

虚荣 / *012*

赞誉 / *016*

消费 / *019*

美 / *021*

人之本性 / *023*

养生之道 / *026*

死亡 / *029*

复仇 / *032*

厄运 / *035*

走运 / *037*

时机 / *041*

一

每一个人都是他命运的设计师

礼节与俗套/ *044*

洽谈/ *047*

伪装与掩饰/ *050*

嫉妒/ *054*

狡诈/ *062*

友谊/ *069*

疑心/ *079*

愤怒/ *081*

高位/ *084*

胆大/ *089*

善与性善/ *092*

利己之聪明/ *097*

貌似聪明/ *100*

求情说项/ *103*

荣誉和名声/ *107*

远游/ *111*

二
朋友是自己的另一身体

真理 / *116*

预言 / *120*

革新 / *126*

世事之变迁 / *129*

国家之真正强盛 / *138*

法官的职责 / *151*

爱情 / *157*

有息借贷 / *161*

父母与子女 / *166*

结婚与独身 / *169*

习惯和教育 / *172*

残疾 / *175*

辞令 / *178*

青年与老年 / *181*

门客与朋友 / *185*

财富 / *188*

三
一切事物都转瞬即逝

罗素对培根的评价——出自《西方哲学史》/ *194*

培根生平/ *201*

附录
评 价 与 生 平

一
每一个人都是他命运的设计师

读　书

读书有三种作用：一是可以修养身心，二是可以增加趣味，三是可以增长才智。修养身心莫过于隐居山林，增加趣味莫过于侃侃辩论，而增长才智莫过于处理繁杂的事务。

读书有三种作用：一是可以修养身心，二是可以增加趣味，三是可以增长才智。修养身心莫过于隐居山林，增加趣味莫过于侃侃辩论，而增长才智莫过于处理繁杂的事务。 虽然说有经验的人就自己能力范围内可以处理或辨别一些事务，但是如果要总览全局、运筹帷幄的话，还是读过很多书的人可以胜任。读书花费的时间太多，那是由于读书的人比较懒散；摘录句子过多的话显得有些造作；凡是依靠书中的教条判断事务的人是书呆子。

天资的改善，需要靠个人去读书，而学问见识的增长则需要依靠实践。 天生的资质就像自然界中的花草树木，需要用学识加以修剪整理；但是书中所揭示的内容无边无际，必须用阅历和生活的经验去圈定它的大致范围。实用主义的人不愿意读书，头脑简单的人羡慕读书，只有英明智慧的人才善于读书，这并不是书本没有揭示其用法，而是因为这种用法是一种超越于书本之外的高于书本的智慧。这种智慧的获取，只能依靠观察的方法才行。读书的过程中不要故意刻薄地批判其内容，也不要全部相信书中所说，更不应该为了自己的言论而故意闲扯，而是应该斟酌考虑，给人以启示。**有些书稍微读一下就可以，不用太深入；有些书可以快速通读而不求甚解；但有一小部分书需要仔细阅读，慢慢品味**。简而言之，有些书可以只读其章节目录，有些书可以大致浏览，而有一些书却需要细读玩味。有些书还可以请他人代为阅读，只要看看代阅人的摘要即可；但是这种方法仅仅适用于那种无足轻重的书，因为做过摘要的书就像蒸馏水一样平淡无味。读书可以使人变得充实，讨论可以使人更加机敏，笔记可以使人更加严谨；因此不做笔记的人必须有过目不忘的特殊能力，不经常讨论的人必须有守恒变通的天赋，而不常读书的人必须有善言巧辩的能力，这样才能用真知灼见掩盖自己的无知。读历史可以使人明智，读诗歌可以使人灵透，数学可以使人精细，物理学可以使人深沉，伦理学可以使人庄重，逻辑修辞学则可以使人善辩，这就像古人所说的那样："学习知识就会融入你的天性之中"[①]；非但如此，读书还可以让心智上的各种障碍一一消除，令人耳目为之一新。

身体生病以后，可以通过相适宜的运动进行调养，比如打球有益于膀胱和肾脏，射箭有益于肺部和胸腔，骑马有益于大脑，散步有益于肠胃等等；同样的道理，如果有的人思维涣散不严密，可以让他学习数学，因为在数学演算求证的过程中不容许

---

① 参见奥维德《列女志》第15篇第83行。

走神，一旦走神就得重新来一遍；如果有的人不擅长辨析异同，那么可以让他阅读经院哲学，因为这种哲学最擅长的就是条分缕析；而如果有的人不善于归纳总结，或者不善于演绎分析，那么可以让他阅读律师的案卷。这样通过上述方法，就可以弥补心智上的各种不足。

求 速

> 不要急躁,这样我们可以尽早地结束事情。

着急地把手头的事情一劳永逸地办好,是十分危险的想法和行为之一,这就像医生所说的预先消化①,一定会在身体中留下很多不能被吸收的物质,慢慢地积累,最后引起身体的病变。因此,衡量处理事情的效率不能只看花费时间的多少,而应该看事情的发展动向。这就像跑步的速度并不取决于步幅的大小或抬脚的高低,办事的效率也并非取决于每次办理事情的多少,而是取决于办事人认真负责的态度。有些人只是关心在较短的时间内完成具体的任务,或者是想方设法使得事情看起来已经完成,这样来展示他们办事的高超效率和雷厉风行。但是通过严格地控制办事进程是一回事,依靠减少办事环节则是另一回事。如果真的依靠减少办事环节来结束事情,其实并没有真正地结束,最后只是以无数次的会议或者一轮又一轮的会期来了结这件事,这个过程中反反复复,磕磕绊绊,办事效率可谓降到了极点。我认识的一位聪明的朋友,他看见别

---

① 用模拟的方法对消化过程加以运用,使得食物预先得到处理,一般用于伤病员。

人急于求成的时候总是说:"不要急躁,这样我们可以尽早地结束事情。"

但是,在另一方面,真正的高效却又是值得推崇的,因为正如商品通过金钱来衡量自身的价值,时间也是判断办事是否高效的一个有益尺度。如果事情办得很慢,无形之中就浪费了大量宝贵的时间。斯巴达人和西班牙人就以慢条斯理而为人所知,他们有"从西班牙那里出发来计算死神到达的时间"的说法,因为这样一来的话,死亡的到来将会大大推迟。

我们最好耐心地听取有关人士做相关事务的汇报,与其在他们汇报的过程中打断人家,还不如在汇报开始之前就发号施令。因为被打断思路的人接下来往往语无伦次,反复无常,这样就比原先他说话的进程慢了许多。幸运的是,比准备发言的人更加讨厌的会议主持者毕竟为数不多。

说话反复强调某些要点与节省时间并不矛盾。一般人认为,重复地说话总会浪费时间。其实通过反复强调问题的关键部分,就可以省去后来的诸多问题和麻烦。发言的时候不要拖泥带水,否则就像长跑的时候穿着修长的衣袍披风一样。开场白、过渡语、客套话以及发言者自己的闲言碎语,都是对时间的极大浪费。这些无谓的话语听起来是在谦虚,其实则是在自夸自耀。不过这里需要注意一点,当参加会议的人对你的观点持不同甚至相反意见的时候,千万不要直接阐述自己的观点,而需要上面那些语词的过渡和润色,这样可以有效地消除对方脑子里存在的偏见。就像热敷可以最大限度地帮助药膏发挥的药效一样，这里的开场白或客套话也是这个道理。

最值得一提的是，按部就班，各行其责和抓住主要矛盾是高效处理事务的关键，处理职责的分配也是一个不容忽视的因素。分配职责既不能过于含糊笼统，又不能事无巨细。分配职责过于含糊会导致执行人三心二意，不注意事务的细节问题；职责分配过多则又使得执行人手忙脚乱，没有时间认真处理事务。选择好的办事时机就是节约时间，那种不分场合地处理事情只能徒劳无功罢了。处理一项事务必须有以下三个基本步骤——计划、讨论和执行。如果你想高效快速完成一件事情，那么就必须知道：只有讨论环节可以让更多的人参与，计划和执行就只能让少数人去实施了。[①]如果议事提纲采用书面的形式明确下来，效率会在很大程度上可以得到提高。即使提纲最后被全面否决，那些否决的意见也是很有用处的，总比漫无边际地乱谈有指导作用，这就像烧过的柴灰可以做肥料滋养植物，而尘土却没有这种作用。

---

① 这句话中的"你""更多的人"和"少数人"分别指当时的英国国王、国会和枢密院。

野　心

一般说来，严厉苛刻的人比宽厚随和的人危险性更小，最近才被提拔的人比长期盘踞高位的人危险性更小，出身卑微的人比出身高贵的人危险性更小。

野心就像身体中的胆汁，当它分泌顺畅的时候，可以使人热情敏捷，使人振奋并且心情愉悦；但是当它一旦受到阻力，没有办法分泌的时候，便会造成体内淤积，肝气不顺，使人心情烦躁，易动怒引恶。[1]野心勃勃的人通常就是这样，当他们发现自己的仕途非常顺利，并觉得还有升迁的空间时，他们不但没有危险，还对公务保持一种勤勉的态度。但是当他们的欲望无法实现的时候，他们就会变得满腹牢骚，待人接物都不怀好意，幸灾乐祸，这些无论对于一个国家的君王、大臣还是一般的公务人员，都是一种极端恶劣的品质。因此，如果君王要任用那些野心勃勃的人，就必须让他们不断高升而没有被贬黜。可是，这样的做法势必引起麻烦，所以对这类野心家还是避而远

---

[1]　古代西方的医生认为人体内有四种体液——血、黄胆汁、黑胆汁、黏液，一个人的气质由这四种体液的多少决定，并且气质在一定程度上随着体液的变化而变化。

之为好。这样的人如果不能一直升迁，他们就会想方设法让手中的职权随着他们一起堕落。但是，既然我说过最好不要任用这种人，那就说明还有需要任用他们的例外，因此我们可以谈谈在什么时候任用他们。

战争时期必须选择善战的将才任用，而不要管他们的野心如何，因为使用他们的长处可以弥补他们的短处，而且没有野心的军人就相当于没有皮鞭的战马。当君王遭到嫉妒或者遇到危险时，可以拿有野心的人作为挡箭牌；因为这样的人就像一只瞎眼的鸽子，不顾事态的变化而只管往前冲去，这样的人最适合充当挡箭牌的角色。正如当年提比略用马克罗除掉塞雅努斯一样，君王还可以利用有野心的人除身边位高权重的具有潜在威胁性的大臣。[1]从中我们可以看出，鉴于上述情况的存在，任用有野心的人是非常必要的，那我们现在就有必要谈谈如何控制这种人，以便最大限度地降低他们的危险性。这种人的危险性随着不同的人而变化，**一般说来，严厉苛刻的人比宽厚随和的人危险性更小，最近才被提拔的人比长期盘踞高位的人危险性更小，出身卑微的人比出身高贵的人危险性更小**。有的人把君王培养心腹之人看作是一种缺点，其实这是应付野心家们的最好策略。因为亲信的人掌控着所有讨好或者惹怒君王的通道，那么任何人都不可能变得位高权重。限制野心家们还有一个办法，就是使得另外一些心高气傲的人与他们的势力相当，

---

[1] 塞雅努斯（Sejanus），古罗马阴谋家、政治家，提比略的宠臣，长期担任禁卫军统帅（15—31），他于31年出任执政官，后来拥有了很大的权力，对提比略造成了威胁而被处死；马克罗（Macro）在扫除塞雅努斯的行动中立了军功，后来被提升为禁卫军的统帅，但是这个人后来参与了谋杀提比略的行动。

但是最好国家还应该有一股中间力量来保持事态的稳定,因为没有压舱物,行船就会非常颠簸。此外,君王还可以鼓励一些出身卑微的人与那些野心家们作对。另外要使有野心的人时刻感到处于危险的境地,这对那些生性懦弱的人也许是不错的建议。但是对那些胆大的人却会适得其反,使得他们加快图谋不轨的行为。如果说情势已经到了需要君王对野心家们一并铲除的时刻,但是一时半会儿又没有好的手段可以实施,那么唯一的方法就是对这些野心家们赏罚并行、恩威并施,使得他们仿佛置身于茂密的树林而不知道该往哪条路上走。

就野心本身而论,那些只是在大事上占先的野心比无论何时都想显摆的野心危害更小,因为后者可以引起混乱,阻碍公务的执行;但是与那种八面玲珑,各种事务都要插手干预,甚至想直接号令天下的野心家相比,这种扰乱公务的野心其危害性较小。那种企图在一切优秀的人中间出类拔萃的人,虽说他们的野心一般很难实现,但是对于公众的利益永远都是具有危害性的;而那种试图在平庸之辈中大展身手的野心却会导致整个时代的衰退。[1]总是想要得到高位的人,其实怀有三种动机:一是想要取得参与政事的条件,二是想要谋求攀附权贵的机遇,三是想要谋求财富的时运。怀有第一种动机的人,他做了高官以后是一个值得信赖的忠臣,而有能力辨别这三种动机的君王可谓是有道贤明。一般说来,君王和政府选拔官员的时候,应该排除那些只注重其职位的人,而应该挑选那些更注重其自身职

---

[1] 培根曾经用类似的话批判他的姨父威廉·塞西尔勋爵和表弟罗伯特·塞西尔爵士嫉妒有才能的人,他们不但没有在女王面前推荐他(培根),反而还在背后毁谤他,阻碍他的晋升。

责的人；应该提拔任用那些出于良心而热爱公务的人，而不是那些为了炫耀其名誉而从事公务的人。总之，一定要分清楚尽忠报国的赤诚之心和好管闲事的城府野心。

虚　荣

人天性就有喜好功德的心，有些人虽然自身并不圆满，但是由于其功高德厚，世人便欣然敬仰于他，这也就不足为怪了。所以，青史上留下名字的人，大部分都是通过厚德实现的。

伊索有一个很有趣味的寓言，说一只停落在大车轮轴上的苍蝇，望着漫天飞舞的尘土，大言不惭地说："看看吧，我可以把尘土扬得很高很高！"世界上总有这么一些人，他们爱慕虚荣，无论什么事情的进展，只要与他们沾边而不管是否另有强者在推动，他们都会自诩是他们的功劳。爱慕虚荣的人一定喜欢参与党派的斗争，因为自我吹捧的人总是喜欢与他人比较。喜欢自夸的人的言论也一定非常激烈，以此来证明他们的吹捧是何等的真实。但是，喜好自夸的人又往往不能保守秘密，所以他们总是成事不足败事有余。这样的人正好应了那句法国格言——自吹自擂的人一事无成。

但是毋庸置疑，在处理国家事务的过程中，吹嘘也有它自己的用处。比如说为了给某种德行制造舆论氛围，或者说为了歌颂某人的功德，这些喜好吹捧的人就是最好的发起者。再比如，当安条克三世与埃托里亚人结盟的时候，李维就曾经指出：
"就将要游说的双方而言，有时说客的交叉吹嘘可以收到意想不到的效果。"①如果一名说客想要把两位君王拉入一场对第三者的战争，他就会在君王之间相互游说，就未来盟友的力量分别向两位君王夸大其词地煽动诱惑，以期达到拉拢结盟的目的。此外，在这两人间奔走相告的说客也会分别在两位君王面前故意夸大自己对另一位君王的影响力，以便取得他们两人对自己的信任。像这样的夸大其词确实可以收到无中生有的效应，终归大话可以诱发信念，而信念却可以转化成物质力量。

对于军人来说，虚荣心是必不可少的。就像刀剑和刀剑可以相互砥砺一样，军人们之间也可以利用虚荣心来相互激励。至于那种宏伟大业②，需要付出很大的代价并甘冒巨大的风险，这个时候爱慕虚荣的人就可以大显身手，而那些稳重老成的人不适合做扬起的风帆而只能充当压舱物了。说到学者的名望，要想名扬天下的话，必须有些许华丽的虚饰羽毛。"那些著书立说的人，虽然视名望如粪土，但是他们从来没有忘记把自己的大名留在扉页"。就连苏格拉底、亚里士多德和盖仑③等人也喜欢显露才华，宣扬自己。无可置疑，虚荣心确实可以帮助人们青史留名。

---

① 参见李维《罗马史》第35卷第12章、17章和18章。公元前192年，塞琉西王国国王安条克三世（Antiochus Ⅲ）应埃托里亚联盟（古希腊部分城邦以埃托里亚为中心结成的反马其顿同盟）之邀进入希腊，次年被向东扩张的罗马击败。两者的结盟自有其政治背景，但说客对两者力量的交叉吹嘘也促成了双方结盟的决心。
② 很可能是"霸业"的委婉说法。
③ 盖仑（Claudius Galen, 129—199？），古希腊哲学家、生理学家及医师，曾经根据动物的解剖来推论人体的结构，并且用亚里士多德的目的论来阐述人体的功能。

人天性就有喜好功德的心，有些人虽然自身并不圆满，但是由于其功高德厚，世人便欣然敬仰于他，这也就不足为怪了。所以，青史上留下名字的人，大部分都是通过厚德实现的。如果西塞罗、塞内加和小普林尼在他们那个时代不替自己粉饰宣扬的话，他们的名声恐怕也难以流传到今天。这种粉饰宣扬就好比替木板刷漆，不仅可以使其颜色鲜亮，而且可以使其增加使用的期限。

但是，在上述的虚荣中，我还没有接触到塔西佗为穆奇阿努斯界定的那种特性。塔西佗说："此人可以运用一切表现技巧，使他以往的任何言行都能获得赞赏。"[①]然而，这种技巧并不是出于虚荣心的驱使，而是来自于得体适宜的宽容和谨慎。这种宽容和谨慎对于某些人来说不仅自然大方，而且还能使其显得优雅庄严，因为宽容、恭敬、谦卑如果可以灵活运用的话，它们也不失为吹捧自己的良好举措。像这样的技巧，最精妙的要数小普林尼曾经说到的那种，即如果某人恰好与你有相似的优点或优势，一旦你发现之后，就应该毫无顾虑地大肆赞赏。

小普林尼关于这种技巧的阐释说得十分巧妙，他说："**赞赏别人实际上等于褒扬自己，因为被你赞赏的人要么比你出色，要么比你逊色。因此，如果他确实比你逊色，但是却受到你的褒奖，足见你是多么值得夸奖；如果他比你出色，但是却没有受**

[①] 参见塔西佗《历史》第2卷第80章。罗马帝国驻各地的军团在尼禄死后纷纷拥戴新的皇帝。历史上曾经三度出任执政官并握有重兵的叙利亚总督穆奇阿努斯（Mucianus）总览全局，抛弃自己的妒忌心和敌意，答应把军队交给已经被犹太军团、埃及军团和美西亚军团拥戴的韦斯帕芗，并帮助其登上了王位。正是这种举措，使得他的名字留名史册。

到你的称赞,可见你根本不值得称颂。"[1]爱慕虚荣而自吹自擂的人,被有识之士轻薄,被庸人傻瓜赞美,被寄生的食客膜拜,同时他也被自己的弥天谎言俘获。

---

[1] 参见小普林尼《书信集》第6卷第17篇第4节。

赞　誉

赞誉不仅是一个人德行的反映，也是一个值得人反思的借鉴。

赞誉不仅是一个人德行的反映，也是一个值得人反思的借鉴。 如果一种赞誉从庸俗的大众那里发出，那么它往往都是没有丝毫价值的荒谬褒奖；像这样的赞誉，一般紧紧追逐那些爱慕虚荣的人，而不是那些德行高尚的人，因为只有那些平庸的人才不知道德行究竟是什么。他们叹赏薄德，惊羡私德，但是对真正的大德伟德却熟视无睹，唯独那些张扬炫耀的假德行深得他们的青睐。无可置疑，庸俗的大众口碑就像一个只承载虚荣而不接受厚德的冰川。但是如果有识之士异口同声地称赞的话，那就像《圣经》所说的"美名正如香膏"[①]。这样的声誉可以远播名扬，并且久久不会散去，因为与鲜花的芳泽相比，香膏的芳菲更能持久。

既然歌功颂德有这么多的不良之处，那么人们对其加以怀疑也是情理之中的事情。有些称颂赞扬无非是为了阿谀奉承。如果

---

① 参见《旧约·传道书》第7章第1节。

逢迎的人火候不够，他便会拿一大堆高帽子，不管是谁都往上戴。如果他有几分心计的话，就会仔细地揣摩将要巴结的贵人的心理活动，然后大肆夸奖贵人的最为得意之处。但是如果他是个厚颜无耻的人，便会找出一个人最难堪的缺陷大加宣扬，并把那缺点说成是优点，直到被吹捧的人自己也不得不鄙视自己为止。有些赞誉确实有善意的初衷，这是对君王或者其他重要人物应该有的礼貌；像这样的赞誉可以称得上是"以赞为训"，因为赞誉者所褒扬的地方正是他们希望君王和重要任务人物们做到的地方。有些赞誉则像是裹上糖衣的炮弹，实际上给被赞扬的人招来了不少的嫉妒，这真是应了那句老话——最可怕的敌人就是当面说你好话的敌人。

不过，希腊人有这样一句格言："**心怀叵测的称赞者的鼻梁将会生疮。**"[①]这与英语中说喜欢行骗的人舌头会起疮是一个道理。不可否认，有良好作用的赞誉应该在适当的场合、恰当的时机发表，不能流于庸俗。所罗门曾经说过："早晨起来就对朋友大肆吹捧赞扬，简直就是对朋友的恶毒诅咒。"[②]过分赞扬人或者事物，就会引起人的反感，还会招来嫉妒和嘲笑。除了极端特殊的情况以外，自我吹捧是一无是处的；但是一个人如果赞美自己的工作或者事业，那他的体面便会溢于言表，甚至显示出一种崇高。那些所谓的神学家或经院神学家的罗马红衣主教就很自命不凡，鄙薄世俗事务，并且把所有的将军、大使、法官

[①] 参见古希腊诗人忒奥克里托斯（Thoecritus，约前310—前250）的《田园诗》第12首第23~24行："美丽的人儿，我赞美你啊，但我并不会由此而鼻上生疮。"
[②] 参见《新约·哥林多后书》第11章第21~23节。

和其他非神职官员都称作"代理执政官",好像他们只是在代行职权。然而,与主教们高深莫测的思辨相比,这些"代理执政官"的作为更有利于世俗之人。圣保罗在夸耀自己的时候总是说"恕我妄言",但是当他谈及自己的工作时却说"我要赞美我的使命"。[①]

[①] 参见《新约·罗马书》第11章第13节。

消　费

个人的日常花销应该以自己的财产数量为限，一定要量入为出。

挣钱是为了能更好地花钱，而花钱的时候应当考虑声望和善行。因此，大量的花销应该顾及用途的价值大小，要知道有些人为了国家是宁愿倾家荡产的。个人的日常花销应该以自己的财产数量为限，一定要量入为出，不要受仆人的蒙蔽隐瞒。在使得日常花销低于外人估计的基础上，尽可能把生活安排得体面些。如果一个人想要保持收支平衡，那么他日常的花销应该是收入的一半，而如果他想变得富裕，那么他日常的花销应该是收入的三分之一；这一点是众所周知的。

地位高的人查询自己的财务并不会影响自己的身份。有些人并不是由于疏忽大意，而是怕查出自己的财产问题而平添烦恼，所以他们一般情况下是避免这种行为的。但是如果身体有创伤的话，不去检查就谈不上治疗。如果经常不清点自己财产的话，在雇佣管家的时候必须当心，并且务必保证经常换新的管家，因为新来的管家畏怯多于奸诈。除此之外，还要做出明确的收支限定。在一个方面开销比较大的话，就应该在另一个方面厉行节约。比如，在餐饮方面开支比较大的人，可以在服饰方面节省一些；在家居的装饰上花费得多一些，就可以在马厩的修缮上节省一些。如果处处都不精打细算，家道就会很快衰亡的。快速偿还债务和一直拖延债务不还的危害是同样严重的，因为廉价地推销和更多地给付货物一样都会带来亏损。此外，一次就还清债务的人往往还会继续借贷，因为他发现刚刚摆脱的困境又卷土重来。然而，逐渐地偿还债务却会帮助他养成节俭的习惯，这对于他的身心与家庭都是有巨大好处的。想要振兴家业的人，千万不能忽视微小的细节，要知道减少不必要的零星花费比屈尊下顾地谋求小利更为体面。对于那些长期性的支出，在其开始的时候必须谨慎考虑，但是对于那些一次性的消费便可以慷慨一些。

美

世界上最美者兼有最善良的品性。

善良就像宝石一般，以镶嵌在大自然的万物上为美；而善良如果在美者身上有所体现的话，那就更美了，不过这样的美不必是相貌俊秀，只需要气度端庄，仪态适宜。**世界上最美者兼有最善良的品性**，这几乎很少为人所知，好像造物主一直在致力于这样的创造，而不愿意奉献出美善皆备的佳作。因此，人世间的美男子虽然身躯非常完美但是精神却很卑劣，他们往往过多地重视行为本身而忽视其后的德行。但是，像这样的结论并不是放之四海而皆准的真理，像古罗马皇帝奥古斯都和韦斯帕芗、法兰西国王腓力四世、英格兰国王爱德华四世、古雅典将军亚西比德，以及伊朗国王伊思迈尔一世等都是德志皆备的人，但也都是那个时代的美男子。

至于美女，天生的自然容貌永远比涂脂搽粉的脸庞美丽，而行为的得体优雅又远远超越于天生的自然容貌之上。优雅的仪态是一切美者中最美的，这是丹青妙笔所无法描绘的，也不是常人一眼就能识别的。那些非常美丽的人，他们的形体比例一定有特殊之处。人们很难判断阿佩利斯①和丢勒②哪一个更可笑，前者总是将很多面孔的最美之处汇集在一张容颜之上，而后者画人像的时候总是按照一定的几何比例③。我认为除了画家之外，没有人会喜欢这样的画像。尽管我认为画家可能画得比真的容颜还要美丽，但是他必须依靠灵感，而不是凭借什么尺寸规则，这就好比音乐家谱写乐曲一般，灵感是最为重要的。人们也许见过这样的面容，如果将其五官分开来看则平淡无奇，但是把这些五官合在一起看的话就显得美不可言。

如果美的要素蕴涵于优雅的仪态之中，那么年长的人比年轻的人更加美丽就不足为怪了，要知道年纪稍长的美人也很美。如果青春不是优雅仪态的补偿，那么年少的人多半都算不上俊秀。美貌就像夏天的果实一样，不方便保存且容易腐烂。它不但使年少者放荡不羁，还给年长者平添几分难堪。但是我在本篇开始时所论述的观点依然不错，如果美貌建立在善良的基础之上，就会使得善良的行为熠熠生辉，而使得卑劣的行径无处藏身。

---

① 阿佩利斯（Apelles）是公元前4世纪的希腊画家，曾经担任亚历山大大帝和马其顿国王腓力二世的宫廷画师，擅长画人物肖像。
② 丢勒（Albrecht Durer，1471—1528）是德国画家，著作有《人体比例研究》。
③ 培根在这里可能误将阿佩利斯记成了另一位古希腊画家宙克西斯（Zeuxis，前464—前389），相传宙克西斯曾经把五位美女的优势集于一身，绘画出了海伦的肖像。

人 之 本 性

我的心始终无法自由，寄人篱下。

人的性格既可以长成芳草，也可以长成杂莠，因此我们必须在适当的时候培养前者而根除后者。

一般说来，人的本性是含蓄而不外露的。它有时候可能被压抑，但是几乎不能被彻底消除。刻意地强制压迫本性，它就会变得越发强烈。阅读经文和畅谈道学仅仅可以使它有所收敛，只有长期形成的习惯才能改变和说服人的本性。想要彻底改变本性的人，制定的改变措施既不能太多，也不能太少。举措太多的话，往往使人顾此失彼，无法面面俱到，结果导致人的灰心丧气；举措太少的话，尽管容易落实，但是却很难将习惯和本性协调起来。

刚开始培养新习惯的时候，可以寻求一些外界的帮助，就像第一次学游泳的人总是借助漂浮物一样。但是，随着时间的推移，新习惯的培养就应该在不利的条件下进行，就像专业的舞蹈者为了取得良好的练习效果而刻意穿着厚底的练舞鞋一样，所练习的东西很难在日常生活中应用，但是只要开始使用就能显示出熟悉、习以为常的状态。如果不良的本性已经长期盘踞在人的生活当中,很难将其消除,那么改变的措施就要遵循循序渐进的原则:在开始阶段,可以试着及时克制自己的感情,就像容易发怒的人总是嘴里默念二十四个字母那样;然后慢慢地开始克制不良习性的蔓延,比如戒酒的人可以把一杯的酒量减少到一口的酒量,一直到最后完全根除酗酒的恶习。但是如果一个人的毅力和决心足够强大,可以在一次的尝试中完全改变旧有的习性,那当然是我们想要的最佳状态;毕竟"那坚决维护精神自由的人,才能最果断地摆脱束缚心灵的桎梏,从而使得烦恼完全远离自身[①]"。

有句古话认为,可以过度地矫正错误的事情;因此,只要那相反的习惯不是恶习,我们可以用它来矫正旧有的恶习,这也不失为一种良好的举措。人不应该一味地迫使自己一蹴而就地养成新的习惯,在这个过程中需要有一个时间的间歇,之所以这样是由于:一是停下来反思可以有效地预防旧有的恶习并巩固良好的新开端;二是这样做防止新养成的习惯兼有恶习的性质,因为如果一个人的本性并不完善,那么他匆忙养成的新习性可能良恶兼有。人不能轻易地相信自己已经革除了旧有的恶习,因为本性一直会长期潜伏,只要一有机会或者一受到诱惑,它就会恢复往日的面目。这就像是《伊索寓言》中的那位姑娘,她是由猫变来的;尽管她可以悠然自在地坐在桌子旁边,但是只要老鼠从她的身前跑过,她的猫的本性就会复发。因此,想要根除旧有恶习的人,要么完全回避可能诱发其本性

---

① 参见奥维德的《爱之治疗》第293~294行。

的场合,要么天天置身其中,这样的话他也许因为司空见惯而不再受其诱惑。

人在独处时,或者感情极度强烈的时刻,或者处于新情况的尝试之中,往往最能显示其本性;这是因为独处时可不必佯装做样,激动时会忘记周遭的清规戒律,而在新情况的尝试中没有一个先在的例子可以仿效。如果人的本性与其从事的职业非常协调,那么这个人是很幸运的;与之相反,那些所从事的职业与其本性格格不入的人,只能无奈地悲叹:"**我的心始终无法自由,寄人篱下。**"[①]在治学方面,人如果强迫自己从事某一学科的研究,他必须安排出固定的时间;但是如果他所研究的某一学科适合他的本性,那么他就没有必要安排固定的时间,因为只要时间允许,他的全部心思会自动地花费在所研究的科目上面。**人的性格既可以长成芳草,也可以长成杂莠,因此我们必须在适当的时候培养前者而根除后者。**

[①] 参见圣哲罗姆译拉丁文本《旧约·诗篇》第120篇第6节;英文1611年钦定本《圣经》同篇第6~7节说:"我长期地寄居在那厌恶和平的人的家中,虽然我天性喜好和平,但是我主张和平,他们却维护战争。"

养 生 之 道

时而静静修养，时而运动锻炼，但更多的
时候还是运动为好。

在本篇讲述中，有一种智慧是医家的规则中所没有的。什么对身体会有伤害，什么对健康有益，人们对这些问题的长期关注和自我反省才是保持健康的最佳药物。不过，更安全的结论应该是"这对我来说是不适合的，我将放弃使用它"，而不应该是"我觉得它对我没有什么大碍，所以我将要使用它"。要知道年少时候的过度行为大多数是由那时本性的无所顾忌和血气方刚造成的，等到年老的时候，行为过度已经欠下一笔必须归还的不小债务。随着年龄的增加，不要总是幻想做事不减当年，因为谁也无法逃脱岁月的磨砺，终将衰老。

对于主食的突然改变，一定要十分谨慎；如果非要改动不可的话，相应的副食品也应当有所改变。其实，自然的养生之道和治理国家的原则是相通的，它们都有一个共同的秘诀，那就是所有事务的改革比一件事务的变更更为安全。[①]你应该时常审

[①] 马基雅维利在他的著作《论李维》第1章第26节说："新的君王登上王位必须改革一切事务。"

视衣食住行等方面的习惯，如果发现其中有不利于身体健康的习惯，就要想方设法地将其消除掉；但是如果发现由于改变某种习惯而引起身体某些部分的不适，你不妨先让这些旧有的毛病持续下去。这是由于我们在一定的时期内没有办法区分哪些是对你个人有益并适合的习性，哪些是公认的对健康有益的习惯。不过，在日常生活中应该怡然自得，无忧无虑，这却是长寿健康的秘诀之一。至于人们的思虑，切忌不要过度地悲伤和欢喜，应当避免焦虑、嫉妒、愤懑等情绪，同时也应当避免总是怀疑自己的思考能力不足，智力无法发挥等。我们的心中应该时常怀有美好的憧憬，怀有适当的愉悦和情趣，怀有对伟大事物的敬仰、赞叹以及从中产生的新奇。除此之外，我们还应该培养对历史、神话和自然等的兴趣，逐渐深入其中并进行研究，这样可以让头脑中充满多彩而凝重的思考对象。

如果你很少用药物维护健康，那么当你第一次使用药物时很有可能感到不适；而如果你平时总是使用药物，那么生病的时候使用药物就不会有明显的效果。我很赞成随着季节的变换而更换食品，除非服用药物已经成为生活中的一种习惯，我是非常反对经常服用药物的；因为营养的食品对身体的保护作用远远大于伤害。身体上一旦出现了异常情况，我们绝不可以忽视，应该及时寻找医生诊治。生病以后要注重身体的调养，平时要注意多加锻炼身体；因为平时经常锻炼的人一般不会出现什么大的病患，只需要注意饮食和调养就可以康复。塞尔苏斯如果只是一名医生而不是一个哲学家，那么他就不会有以下的见解作为健康长寿的秘诀：虽然人应该不断变换生活方式，但还是应该选择更适宜自己的一种，比如时而节制饮食，时而刚刚吃饱，但更多的时候还是刚刚吃饱为好；时而晚上熬夜，时而很早入睡，但更多的时候还是晚上早点入睡；时而静静修养，时而运动锻炼，但更多的时候还是运动为好；①像这样的例子还有很多，就不在此一一列举了！

如果能做到这些，那么生理机能就可以得到很好的维护，同时疾病也会远离我们。有些医生对于病人的脾气采取妥协的态度，导致正常的治疗方案无法实施；有些医生由于过分地遵照医书上的原理而忽视病人的实际身体状况。所以，最好的医生应该是介于这两者之间；如果一时难以找到这样的医生，就分别找到这样的医生然后综合他们的意见。最后一点不要忘记，身体生病时既要请医术高超的医生，又要请对你身体状况十分熟悉的大夫。

---

① 塞尔苏斯（Celsus），1世纪罗马编纂家、作家，所编的百科全书中只有《医学篇》得以流传后世，这本书被公认为是一部优秀的医学文献。培根的这段话引用自《医学篇》第1章第1节，但是与塞尔苏斯的原话和含义截然不同。

死 亡

一个坚定的、一心向善的心智是能避免死亡带来的痛苦的。

成人害怕死亡就像儿童害怕进入黑暗的地方；儿童对黑暗的天然恐惧随着虚假的传言而与日俱增，成人对死亡的胆怯恐惧也是这样。无可否认，静观死亡，把它当成罪孽的报应，或者是通往另一世界的去路，是虔诚而且合乎宗教的；但是恐惧死亡，把它当作我们对大自然应该交纳的贡物，则是非常愚弱的。然而，在宗教的沉思中有时难免会有虚妄和迷信。在某些天主教修士的禁欲书中你可以看到一种言辞，说是一个人应当自己思量，假如他的一个手指的末端被压或被弄伤，这样的痛苦是怎样的；由此再想那使人全身腐烂分解的死亡，这样的痛苦又该是什么样子。其实死上一千次也不及某一个肢体的受伤的疼痛，因为人体最生死攸关的器官并不是最敏于感受的器官。因此，那位只以正常人和哲学家身份著书立说的先人说得很好："与死亡相比，伴随死亡而来的一切更加可怕。"[①]呻吟与抽搐、面目的变色、亲友的哀悼、丧服与葬礼，像这样的场面

---

① 参见塞内加所著《道德书简》第24篇。

都显示出死亡的可怕。但是应该注意的是，人类的种种激情并不是脆弱得不能克服并压倒对死亡的恐惧；而且既然人们有这么多可以战胜死亡的随从，都能打败死亡，可见死亡算不上是最可怕的敌人了。

复仇的心会征服死亡，爱恋的心会蔑视死亡，荣誉的心会渴求死亡，悲痛的心会扑向死亡，连恐惧的心也会预期死亡；而且我们在书中还读到，在罗马皇帝奥托伏剑之后，哀怜的心（这种最脆弱的感情）使得许多士兵们也自杀而死，[①]他们的死亡纯粹是出于对君王的同情并且要做最忠心的臣民。此外，塞内加还补充了苛求的心和厌倦的心，他说："试想你做同样的事情已有多久！不止勇者和贫困者想死，连厌倦无聊者也想死亡。"[②]一个人虽然既不勇敢也不困穷，然而厌倦没完没了地重复做一件事情，也是会寻死的。

同样引人注意的是，罗马帝国的那些君主们面对死亡时是从容不迫和淡定自如的，因为他们在生命的最后时刻还要保持原来的自我。奥古斯都大帝弥留的时候还在赞美他的皇后，"永别了，莉维亚，请你不要忘记我们婚后生活的时光"；提比略危笃之际仍然掩饰他的病情，就像塔西佗所说的"他的体力日渐衰退，但他的掩饰依然像从前那样"；韦斯帕芗大限临头的时候还一个人坐在凳子上说笑话，"看来我马上就要变成**神祇**"；伽尔巴的临终遗言是"你们砍吧，如果这有益于罗马

---

① 参见塔西佗所著《历史》第2卷第49章。
② 参见塞内加所著《道德书简》第77篇。

人民",一边喊着一边伸颈就死;①塞维鲁死得爽快,他说:"假如还有什么我应该做的事情,就快点来吧。"②像这样视死如归的例子,还有很多。毋庸置疑,斯多葛学派那些哲学家们把死亡的价值抬得太高了,并且由于他们对死亡做了充分甚至过度的准备,因此使死在人看起来更为可怕。

尤维纳利斯③说得较好,他认为生命的终结是自然的一种恩惠。死亡与降生都是顺其自然的,不过在孩子的眼里,出生与死亡也许都会引起同样的痛苦。在某种热烈的行为中死了的人就像在血液正热的时候受伤的人一样,当时是感觉不到死亡的;因此可见,**一个坚定的、一心向善的心智是能避免死亡带来的痛苦的**。但是,务必要相信最美的圣歌就是一个人已经达到了某种有价值的目的和希望后所唱的那首,"神圣的主啊,现在就请让你的仆人安然离去。"死亡还有一点,就是它打开了名望的大门,并消除了妒忌的心,因为"生前遭人嫉妒的人死后将会受人爱戴"。④

---

① 关于文中记叙的许多罗马皇帝的死状,可以参照阅读苏维托尼乌斯(Suetonius)的《罗马十二帝王传》(张竹明等译,商务印书馆1995年版)。
② 关于塞维鲁的死,可以参见狄奥·卡西乌斯(Dio Cassius)的《罗马史》第67章的描述。
③ 尤维纳利斯,古罗马讽刺诗人,著有《讽刺诗》5卷。
④ 参见贺拉斯《书札》第2卷1首14行。

复 仇

宽容地原谅别人的过错就是宽恕者本人的荣耀。

复仇是一种最为原始的公平，人类的天性越是喜欢偏爱这种公平，法律就越是应该将人们的复仇欲望消除掉。因为头一个罪恶不过是违反了法律，可是报复这件罪恶的行为却藐视法律的存在，甚至超越于法律之上。毫无疑问，如果一个人对他的仇敌总是睚眦必报，想方设法寻求报复的机会，那他与被报复者差不多是一类性质的人；而如果他忘掉以前他们之间的怨恨，宽容地原谅对手，那么他就比对手高明得多，因为高抬贵手是高明智慧的人的举动。

我十分相信所罗门说的那句话："宽容地原谅别人的过错就是宽恕者本人的荣耀。"[①]过去的就已经过去了，并且一去不复返，而聪明的人总是把时间和精力放在当下的事情和将来的筹划上，所以对过去的事情一直放不下并且铭记在心的人简直是徒劳心力而已，对自己没有一点好处。世界上没有人是为了作恶

---

① 参见《旧约·箴言》第19章第11节。

而作恶的，作恶的人无非是为了要给自己取得利益、乐趣、荣誉或者诸如此类的东西。

既然是这样，那为什么我要对某人因为爱他自己胜于爱我而生气呢？纵使有的人纯粹是出于恶劣卑鄙的天性而做出丑恶的行径，那又怎么样呢？也不过像山间的荆棘一样，它们刺人抓人就是因为它们自身不会做其他的事情啊！复仇中最让人宽恕的一种就是为了报法律没有及时纠正罪恶行为的那一种仇，但是这个时候报复的人必须留意，一定要让自己的报复行为也由于法律无法惩治而幸免于难，要不然报复者的对手仍旧会占便宜，因为二人之间吃亏的比例是二比一。有的人复仇的时候，总想要仇敌弄清楚这复仇的火焰到底是从哪里迸发出来的。相比较而言，这样的复仇是豁达的，因为更痛快的报仇似乎不是为了使仇敌的皮肉上受到相应的伤害或惩罚，而是要让对方的心灵自觉地忏悔并认罪；不过，那些卑鄙狡猾的懦夫则往往想要在背后放一支冷箭。

佛罗伦萨大公科西莫[①]曾经用极其愤怒的言辞强烈谴责朋友的忘恩负义或不讲信用，他似乎认为这样的罪恶行为是不能原谅的。他说，你可以在伟大的《圣经》里读到基督要我们包容谅解仇敌的教诲，[②]但你绝不会在里面读到要我们宽恕自己的朋友的言语。但是，到目前为止，似乎还是约伯的精神比较高尚，

---

① 科西莫（Cosimo de Medici，1519—1574），老洛伦佐后代，梅迪契家族成员，第一任托斯卡纳大公，第二任佛罗伦萨公爵，后来当选为共和国的首脑。
② 参见《新约·马太福音》第5章第38~48节和《路加福音》第6章27~36节。

他说:"我们怎能够只喜欢上帝的赐福而却抱怨上帝给予我们的祸事呢?"[1]把这句话推理到朋友身上,也是这个道理。不可否认,一个人要是念念不忘复仇,他就是不断地刺伤自己的伤口,使得伤口永远无法治愈,而那创伤经过长时间的修养本来是可以愈合的。为了公仇而去施行报复行动,这样多半会给复仇者带来幸运,如为恺撒大帝的死而报仇,为佩尔蒂纳的死而报仇,以及为法王亨利三世的死而报仇等等。[2]但是,为了私人的恩怨而去报仇就不是这样的情形了;与此相反,想要报私仇的人过的是巫师一般的生活。这种人活着的时候对人是很不利的,死了对自己来说也是不幸的。

---

[1] 参见《旧约·约伯记》第2章第10节。
[2] 屋大维是替恺撒复仇的人,塞维鲁替佩尔蒂纳(Pertinax,罗马皇帝,193年1~3月在位)复仇,法王亨利四世(亨利三世的妹夫)则替亨利三世复仇。

厄　运

> 幸运所生的德行是节制，厄运所生的德行是坚韧。

通常人们青睐幸运带来的好处，然而我们会更加赞叹厄运带来的好处，这是塞内加仿照斯多葛派的风格发表的一个高论。毫无疑问，如果奇迹就意味着超乎寻常，超越自然，那么它们大部分都是在厄运中出现的。

塞内加还有一句更为高明的话（这句话是由一个异教徒说出来的，真是太高明了），他说："**一个人如果既具有凡人的脆弱又具有神灵的超凡，那就是名副其实的伟大。**"这句话要是写成诗歌或许更妙，因为在诗歌里，神灵的超凡好像是更为人接受似的，而且诗人们也确实从始至终忙着对它进行刻意描写；因为古代诗人在那部伟大的传奇①中所想象的东西实际上就是这种超凡的体现，他们的想象深邃而又远见，而且它所描写的还很有点接近基督徒的情形，例如当赫拉克勒斯去解救普罗米修

---

① 指希腊神话。

斯的时候，他坐在一个瓦盆里渡过了大海，[1]而这恰好是对基督徒坚持不懈的精神的生动描绘，因为基督徒是乘着脆弱的血肉之舟去横渡尘世的波澜。**一般说来，幸运所生的德行是节制，厄运所生的德行是坚韧，从道德标准的角度来衡量，坚韧是更为高尚的一种美德。**幸运是《旧约》中的福祉，厄运则是《新约》中的福祉，[2]后者带给人们的是来自上帝的浩荡恩泽并传达上帝的真诚启示。但是，在你聆听《旧约》中大卫王那柄竖琴的时候，[3]你也会听到与欢歌一样多的哀乐；而且那支圣灵之笔[4]在形容所罗门的幸福上比在约伯的苦难上更为细致用力。幸运中并不是没有太多的忧患和灾难，而厄运中也不缺少些许的安慰和希望。在人们刺绣织锦的过程中，我们可以清楚地看到：在阴沉的背景上安排一种秀丽的图案，比在鲜艳的背景上安排忧郁的图案更为醒目；那就从这眼中的愉悦去推想心中的愉悦吧。毫无疑问，德行就像经过燃烧或压榨的名贵香料，时间越长，它的香味就越发浓厚；这大概就是幸运最能暴露丑恶的行迹而厄运最能彰显高尚的美德的原因吧！

---

[1] 在希腊的神话中，并没有谈及到赫拉克勒斯使用瓦盆渡海的情节；但是他在另一项伟大功业的创立过程中曾经使用金杯穿越海洋。
[2] 《新约》多次说道：能够承受苦难就是幸福，尤其是《马太福音》第5章和《路加福音》第6章更是把饥饿、悲伤、贫穷以及受到他人的侮辱迫害都当作是一种幸福。
[3] 意思就是当你阅读《旧约·诗篇》的时候。
[4] 《圣经》作者都是受到神灵的启示，因此便有了圣灵之笔这一说法。

走 运

每一个人都是他命运的设计师。

常常使人走运的习性不外乎两种：一是少几分真诚朴素，二是会几分装聋作哑。

毋庸置疑，外在的偶然因素会影响人的命运，如相貌、时机、别人的死亡和施展才能的机会等，但人的命运最终还是掌控在自己的手中。所以，有个诗人说："**每一个人都是他命运的设计师**"。[1]

上述的外在原因如果总是经常出现的话，这便是某个人所做的愚蠢事情，因为它只是造成了另外一个人的时运。众所周知，最快捷的成功就是趁着他人的出错而获得的成功，"蛇必须吞噬其他的蛇才能成长为巨龙"。[2]有些优点的确显而易见，值得每个知晓它的人的称赞；但是一个人隐蔽的长处或者一个人表现自己的有效方式，往往才是一个人获胜的关键法宝。这些

---

[1] 参见普劳图斯的喜剧《三钱币》第2幕第2场第34行。
[2] 这是一句希腊谚语，瑞士博物学家格斯纳（Konrad von Gesner, 1516—1565）曾经在他的著作《动物志》中引用过。

方式无法进行准确的描述，更不能相互传播，也许西班牙字眼disemboltura可以大概探个究竟：只要一个人没有褊狭的观念并且待人处世的态度端正，他头脑中前进的方向才能和命运之轮的前进方向一致，并同时起步。

正是由于这个原因，李维在形容加图时虽然说："这个人的体魄强健，心智成熟，因此无论他出生在哪个家庭都会有较好的时运。"[1]但是，他最后还是发现这个人具有"灵性"。所以，只要一个人睁大眼睛仔细观察，就能看到命运女神的踪影；虽然命运女神的一双眼睛被蒙住[2]，但是她还是有自己的行踪的。

命运的轨迹就像是天上的银河，无数的星星聚集在一起组成了银河，但是看上去银河不是分散的星星点点，而是一条完整的光带；同样的道理，促使一个人有较好的时运也是由于他身上的小小的优点或长处，或者说是一些好的习惯和能力。

人们对于其中的奥妙是想象不到的，但是意大利人却可以洞察其中的天机。当意大利人谈论一个几乎很少出差错的幸运儿时，他们一般会说一句："这个人倒是会几分装聋作哑。"而人人都熟知的，**常常使人走运的习性不外乎两种：一是少几分真诚朴素，二是会几分装聋作哑。**由此可以看出，那些最为忠君爱国的人很少走运，而且永远不会走运，因为一个人连自我都

---

[1] 参见李维《罗马史》第39卷第40章。加图出身于农民家庭，在公元前3世纪的罗马时代，这属于出身低贱的人，只有上升到贵族阶层才是走运。
[2] 在西方的绘画作品中，命运女神的眼睛总是被蒙着的，表示她的公允，不偏不倚，脚踏圆轮象征着福祸无常，一手拿着丰裕之角，一手不断抛撒钱币。

不考虑的话，他必然不会只顾自己的利益。①很容易就会得到的幸运，仅仅造就了一批鲁莽汉和冒险家；但是经过千辛万苦才换来的幸运，却可以成就杰出的人才。

幸运就其本身来说，是应该受到人们的尊敬和崇尚的，即便仅仅是出于尊重她的两个女儿——"自信"和"声誉"。自信一直留存在幸运的人的心中，而声誉则保留在知晓幸运者的那些人的心里。智慧的人为了防止他人嫉妒自己的优点，总是习惯于把自己的长处归因于上帝和命运之神，这样他们就可以最大限度地发挥他们的优势了。

另外，神灵的保佑也使得他们的不凡之处得以展现。于是，恺撒曾经在暴风雨中对舵工说："你的船不仅载着我，还载着我的运气。"所以，苏拉宁可把自己称为"幸运的苏拉"而不是"伟大的苏拉"。并且历代的人们都观察到，凡是过分把自己的成就归因于自身的聪明才智的人，最后的结局都很不幸。

据史书记载，雅典将军提谟修斯每次做政府述职时，总是喜欢说一句："这次胜利绝不是仅仅依靠运气。"结果后来他没有建过更伟大的功勋。毋庸置疑，有些人的运气如同荷马的诗歌那样，而荷马的诗歌比其他人的都要顺畅；普鲁塔克在把阿偈西劳和伊巴密浓达的运气与提摩列昂的运气作比较的时候，就使

---

① 这篇文章最初写于1612年，这一年培根向詹姆斯一世讨要国务大臣这个职位没有结果；所以这段文字即使不是由于这件事情而发牢骚，但"极端的忠君爱国的人"也显然是培根的自我表白。

用了这个比喻；人与人的运气不同，这是一件正常的事情，但是运气也取决于每个人自身，这一点也是明白无误的。

时　机

> 一个人的时运就跟每天的集市行情一样，只要你在市场多停留一会儿，物价说不准就下跌了；但是它有时经历过跌宕起伏后又回到了原来的价位。

一个人的时运就跟每天的集市行情一样，只要你在市场多停留一会儿，物价说不准就下跌了；但是它有时经历过跌宕起伏后又回到了原来的价位，就像西彼拉那套预言集[1]，开始的时候以整套的书卷索要价格，然后烧毁其中的几卷，最后还是按照原来的价格卖出。因为"她如果给你前额的头发，而你却放弃不抓，那么最后就只剩下她光秃的后脑勺了"[2]；或者你至少应该知道这句谚语：机不可失，时不再来。因此，在开端时善用时

---

[1] 这套预言集又名《西卜林书》，是古罗马的一部神谕集，据说由女预言家西彼拉（Sibylla）所作，并且卖给了古罗马王政时代的第七代王塔奎尼乌斯（Tarquinius，又译塔昆，约前534—前509）。传说西彼拉想要卖给国王9卷书，并且索要昂贵的价格，但却遭到了国王的拒绝，于是她便烧毁了其中的3卷后再次卖给国王，但是还以原来的价格出售，遭到拒绝后再次烧毁3卷书，这个时候国王经过占卜师的点化，才知道这书的珍贵，于是按照原来的价格买下剩余的几卷，最后藏于卡匹托尔山神庙。

[2] 这个比喻最初见于古罗马作家加图（Dionysius Cato，约前3—前4世纪）的《道德箴言》第2卷，Frorite capillata, post haec Occasio calvs则为后世流传的拉丁文句，翻译过来就是：时运女神的前额有美丽秀发，但是后脑却是光秃的。

机，再没有比这种智慧更大的了。想要做事的人必须知道，危险如果有一次看来无关紧要，那就不复是无关紧要的了；而骗人的危险比逼迫人的危险要多得多。

此外，对于某些危险，我们最好在它没有正式出现的时候就消除它，而不是一直等候其发展到一定程度再去干涉。因为在这个过程中，警惕并监视它的人很有可能会放松戒备。相反，由于光线的缘故而被迷惑，以至过早地出击，或者有所动作才把关键人物引诱出来，这些都是另外一种比较极端的情况了。就像前文所说，时机的恰当与否，我们必须审时度势，既不能急于一时，也不能无所准备。

一般说来，我们每个人做事情，每次最好先观察仔细，必须在行事之前先派出百眼巨人阿耳戈斯，百臂巨人布里阿柔斯紧随其后，这样可以打探清楚具体情况。有了这些之后，再去采取适当的措施实施。对于智慧的人来说，对事情的秘密协商和迅速果断出击如同普路同[①]那顶隐身的帽子。**事情一旦开始着手实施，以最快的速度完成任务就是保密的最好手段**；这就像是离开枪膛的子弹，它的速度很快，连眼睛都无法捕捉到其影子。

---

① 普路同是指希腊罗马神话中的冥王。

二
朋友是自己的另一身体

礼节与俗套

完全不拘礼节其实就是教别人怠慢自己，
或者是说让别人不必尊重自己。

为人处世不拘小节的人必须是身怀大德之人，这就像不用衬箔装饰的宝石，其本身必须弥足珍贵。但是，如果仔细观察就会发现，**好的声名获得如同赚钱盈利；小钱可以经常获得，但是大利少有所得。**同样的道理，小优点可以获得大的赞扬，因为其可以天天显示并引起世人的注意；而大德的展示就像过重大节日一样少有机会。从中可以看出，要想增添美名只需要注意礼仪小节即可，正如伊莎贝拉女王[①]所说："言谈举止的考究是最好的推荐信，且永不过时。"要想获得这种推荐信，你只需要对它加以重视并仔细观察就可以，因为他人的优雅举止总能引起你的注意留心；此外你还得保持高度的自信。**如果一个人在言谈举止上花费过多的精力和时间，他应有的风度和魅力就会自行消失，因为魅力和风度必须要个人的自然大方才能展现出来。**有的人言谈举止非常机械，就像每个音节都经过细细推

---

① 卡斯蒂利亚王国女王（1474—1504）及阿拉贡王国女王（1479—1504），他们曾经助哥伦布航海，1479年竭力促使两国合并，为统一西班牙奠定了基础。

敲的诗歌一样；可是如果一个人在细节上过于机械专注，又怎么能领会更高层次的宏大旨意呢？

完全不拘礼节其实就是教别人怠慢自己，或者是说让别人不必尊重自己。可见，待人接物还是需要讲究一些礼节的，尤其是第一次与人见面或者与讲究礼仪的人交往的时刻。但是，过分强调礼节，并将其看得高于一切，不仅使得说话人显得迂腐可笑，而且还会降低别人对其的信任度。毋庸置疑，礼仪俗套如果用之有方的话，可以收到意想不到的效果，并且使人难以忘怀。如果我们可以找到这种适合的方法，一定可以加强人们之间的相互往来。

同辈之间有些人显得过分亲热，不妨保持一点矜持或庄重。面对下属，总会受到应有的尊敬，不妨略微流露出一些随和。有些人不顾任何场合，一味地讲究礼节，这样显得自己有些庸俗。对于某人的专注是无可厚非的，但是必须让对方明白你是出于尊敬而不是出于草率。虽然随声附和他人的观点是一条不错的规则，但是必须要加上自己的主见；同意他人的见解必须加上自己的一些其他看法，赞同他人的建议必须附上自己的先决条件，而认可他人的计划则必须提出自己认可的进一步理由。在恭维别人的时候，千万要注意说话的分寸，否则尽管你没有其他的缺点，但是嫉妒你的人却会说你善于逢场作戏，进而贬低你身上的其他优点。

在处理大事的时候，不要过分囿于旧有的礼节；而在审视机会的时候，不要过于谨慎。因为这两者在一定程度上都不是最佳的措施。所罗门曾经说道:"总是观察风向的人难以播种,而总是观望云彩的人难以收割。"[1]聪明的人总是去创造机会而不是寻找机会。一个人的言谈举止,应该像他所穿的衣服一样,轻便自如即可,不要过分地拘泥讲究。

---

[1] 参见《旧约·传道书》第11章第4节。

洽　谈

> 一般来说，有所要求的洽谈对手比没有任何要求的洽谈对手更容易应付。

通常而言，面对面地商量洽谈比单纯的书信往来要好得多，而由第三个人出来作为代表洽谈比本人出面更好。适宜用书面洽谈的情况大致有以下三种：当自己的洽谈信函可以作为日后的凭证的时候，当某人想得到书面答复的时候，或者当面谈有可能被断章取义或受到阻拦的时候。适宜当面洽谈的情况也大致有三种：当双方所谈的事情比较微妙，必须观察对方的表情才能知晓说话的分寸的时候；当其中某一方的威信令对方大为尊敬的时候；更为普遍的是当一个人想要保留所谈内容之否定或解释的权利的时候。

在挑选代表出面洽谈的时候，最好选择那些性格豪爽的人，因为这样的人一旦受人之托，就会竭尽全力地去行事，会真实地向你反映洽谈的结果。千万不要选择那些生性狡诈的人作为洽谈代表，他们在办事的过程中，由于代表上等人办事，因此会故意提高自己的身份；为了博取欢心，他们在汇报洽谈结果时总是倾向于报喜不报忧。另外必须注意一点，尽量挑选那些乐意去谈你所托之事的人，这样的话会收到事半功倍的效果；同时所选择的人也必须适合所托之事。比如，要告诫某人必须挑选敢于说话敢于评论的人，要劝说某人必须挑选注意言谈用词和口气的人，要询问某人必须挑选灵活机动的人，而要洽谈一件有悖常理的事情则必须挑选那种认死理的人。还应该注意挑选以前曾经受你之托从事过洽谈事务并且往往在洽谈事务中处于上风的人，因为他们在类似的洽谈中已经有了经验，从而更能坚持自己提出的条件。

在洽谈的时候，最好提前探询一下对方的意图，避免直截了当地开门见山，当然如果你想给对方一个意外的话则例外。一般来说，有所要求的洽谈对手比没有任何要求的洽谈对手更容易应付。如果一个人已经与对方达成了协议，那么最重要的问题就成为谁先履行协议了。而要合理地要求对方先行履行协议义务，必须具备以下三个条件：一是对方先行履行义务是这个协议的题中之意；二是一定要使得对方相信，在其他事务上还需要与你进行合作；三是一定要证明自己是最讲信用的人。

仔细观察对方并利用对方是洽谈的全部策略技巧。在受人信任的时候、兴奋激动的时候、防范不周的时候、情势紧急的时候，或者一直想做某事但是却找不到合适借口的时候，人们最容易暴露自己。如果你想控制对方，在洽谈中位于上风的地位，那么你必须了解对方的习惯爱好从而加以引导，或者掌握对方的意图从而加以诱惑，或者了解对方的弱点缺陷从而加以胁迫，或者知晓能够影响对方的人或者事情，从而对其加以控制。与狡诈的人洽谈，必须了解他的真实目的，从而有效理解他的话语。记住不要在这种人面前多说话,而且说的话尽量要出其不意。在洽谈遇到僵局的时候,千万不要急于一时,仓促做出决定;这个时候应该重新整理思路,为新的一轮洽谈做好准备,以便达成协议的时机逐渐到来。

伪 装 与 掩 饰

> 掩饰只不过是一种临时性的策略或圆滑的计谋。因为要知道何时当说真话,何时当行真事,需要敏锐的头脑和坚毅的个性。

掩饰只不过是一种临时性的策略或圆滑的计谋。因为要知道何时当说真话,何时当行真事,需要敏锐的头脑和坚毅的个性。因此,比较懦弱的一类政治家通常都是善于掩饰和伪装的人。

塔西佗说:"莉维亚既有她丈夫的雄才大略,也有她儿子的虚伪城府;奥古斯都是她才略智谋的来源,提比略则为她提供掩人耳目的本事。"塔氏继续写道,穆奇阿努斯劝韦斯帕芗起兵反维特里乌斯时曾说:"我们要面对的既不是奥古斯都的那种明察的判断力,也不是提比略的那种讳莫如深的谨慎。"[①]这些特质——权谋或策略与掩饰或隐秘——确实是不同的习性和能力,并且是应当辨别的。因为假如一个人有那种明察的能力,能够看得出某事应当公开,某事应当隐秘,某事应当在半明半暗之中微露,并且看得出这事或隐或现应当是对什么人,在什

---

① 参见塔西佗《编年史》第5卷第1章和《历史》第2卷第76章。

么时候（这正是塔西佗所谓的治国与处世的要术），那么掩饰伪装对于他这样一个人来说，就是阻碍和弱点了。但是假如一个人达不到那种明察的能力，那么他就不得不故作姿态，隐藏得很深；因为一个人在不能随机应变有所选择的时候，最好是采取这种往往都万无一失的策略，这就好比视力不好的人走路是轻而且慢的一样。毫无疑问，从古至今的英雄豪杰为人处世都坦荡磊落，都有恪守信用的名誉；然而他们就像训练有素的骏马一样，知道什么时候应该停步，什么时候应当转弯；正是由于他们的这种品性，使得他们认为某些事情必须隐瞒并真的将事情隐瞒后，他们一般都能隐瞒得很好而不被人发现。由于他们真诚守信的名声早已为人所知，所以即便他们真有欺骗隐瞒的话，人们也是不会怀疑的。

这种自我掩饰的策略有上中下三个等级：上策是隐秘、缄默和守秘密，就是一个人不让别人有机会看出或推测出他的为人。中策是消极的掩饰，就是一个人故意露出迹象端倪，使得别人错误地认为他的真正为人，以真为假。下策是积极的作伪，就是一个人有意并且煞费苦心地装出他实际并不是的那种为人。

说到上策——隐秘，这真是倾听忏悔的神父的美德；对秘密严格保守的神父的确会听到许多人的真心忏悔，因为谁会愿意向不守秘密的俗人倾诉衷肠呢？但是如果一个人被认为严守秘密，他就会吸引其他的人来向他倾诉，就像屋子里的热空气会吸引屋子外面的冷空气一样；而这种倾诉就像忏悔，只会使倾诉者的心理得以释怀，而不会被其他的人们利用，所以严守秘密的人常常能以这种方式探听到许多情况，尽管大多数人喜欢宣泄心事而不乐于增加心事或隐私。简而言之，能够严守秘密，这才有权知道他人的秘密。另外（实话实说），裸露总是不恰当的，无论是在精神方面，还是在肉体方面；而如果一个人的行为举止不完全暴露，他便增加了不少尊严。至于那些爱喋喋不休的非议者，他们都既喜欢虚荣又爱慕轻信，因为那些喜欢谈论自己所知道的东西的人也往往非常乐意谈论自己所不知道的东西。因此，下面这句话就显得十分有道理，那就是："守口如瓶既是一个人处世修身的策略，又是一个人的道德品行。"一个人的自我可以由面部的症状而看出来，这是一个大弱点、大漏洞；这弱点和漏洞有多大，人的面容表情比语言就更引人注意并更使人深信不疑。

说到中策，也就是掩饰，这种策略常常不可避免地用在有秘密需要保守的时候；所以换句话说，一个人如果要隐秘，他就不得不在某种程度上做一个掩饰的人。因为一般的人都是狡黠得断不能允许一个人在坦白与掩饰之间保持一种中立的态度，并且实际隐秘而表面上不偏向任何一方的。这样的人，人们一定会用问题包围他，设法引诱他，并且探出他的口气。所以除非他有一种一概不理的沉默，否则他就不免要暴露他是倾向于哪一方的；或者即便他自己没有任何表示，那些人也会从他的沉默中推测出来，就像他自己说了一样。至于模棱两可，含糊其辞的话，那是不能持久的。所以没有人能够隐秘，除非他给自己留一点掩饰的余地；掩饰可以说仅仅是隐秘的一层外衣。

但是说到下策，那就是弄虚作假，乔装打扮。我一度认为，除非在某些重大与稀有的事件之中，犯罪的性质是多于计谋的性质的。因此，一种普遍的弄虚作假是一种恶劣的品行。这种恶行的养成或是由于天生的虚伪导致，或是由于生性懦弱引起的，还有一种情况就是由于心中有鬼。而由于不得不掩饰这些弱点，掩饰者便会在其他事情上也弄虚作假，害怕自身的作假技术日渐荒废掉。

伪装掩饰有三个好处：第一个好处是可以使对手麻痹大意，思想放松警惕，然后趁他不注意的时候出击从而战胜他，因为一个人的意向如果公开那就等于一声唤起一切敌人的注意；第二个好处是可以为掩饰者留下一条安全的退路，因为一个人如果明确地宣布要做什么事情，那么他就必须履行诺言，将这个事情做到底，不然就会被对手推翻；第三个好处是可以更好地来看破别人的心思，因为对一个暴露自己的人，别人是不会公开反对他的，他们干脆让他继续说下去而把他们自己言论的自由变为思想的自由。因此西班牙人有句经典的谚语"说谎话可以发现一件真实的事情"；这样看来，好像掩饰伪装成了发现真实情况的唯一手段。与此对应，伪装掩饰也有三种害处：第一，伪装掩饰平常总带着一种畏怯的模样，而这种恐惧的态度在任何事件之中，都或多或少地阻碍掩饰的人达到他心中的目标。第二，伪装掩饰使许多人心中迷惘，莫名其妙，因此使得作伪装掩饰的人失去原本可以与他合作的朋友，最后单枪匹马地去达到他自己的目的。第三种是最大的害处，就是掩饰会剥夺一个人做事的主要工具——信任。因此，最完善的人品素质必须具备真诚守信的名声、严守秘密的习惯、适当的掩饰以及在万不得已的情况下才使用的伪装能力。

嫉　妒

> 爱情和嫉妒这两种情感不仅能够激起强烈的欲望，而且还能迅速转化成联想和幻觉。

大部分人都可以观察到，爱情和嫉妒是人的各种情欲中最令人神魂颠倒的了，除此之外，没有其他的能与这两种情欲相提并论。**爱情和嫉妒这两种情感不仅能够激起强烈的欲望，而且还能迅速转化成联想和幻觉。**这样一来，它们就很容易进入人们的视野中，尤其是在那些被爱和被嫉妒的人身上总会找到它们的影子。如果世界上存在诱惑猜忌的话，这可能就是人们之间相互诱惑猜忌的起源吧。我们耳熟能详的《圣经》把嫉妒称为"毒眼"，[1]江湖上的占星术士们则把不吉之星力叫作"凶象"，[2]结果使得人们直到今天还认为，当嫉妒的行为发生时，嫉妒者的眼睛会变红。更为有意思的是，有的人居然观察得深刻入微，注意到嫉妒者的红眼在被嫉妒者春风得意或者踌躇满

---

[1]　参见《新约·马太福音》第7章第22节。
[2]　原文均用evil表示凶象的"凶"和毒眼的"毒"，其音形均与envy（嫉妒）相近。另外，"星力"是一个占星学术语，古代的占星学认为，如果天体之间的位置不同就会产生或凶或吉的力量，这种力量会影响人事祸福。

志的时候杀伤力最强,因为被嫉妒者的得意之态已经强烈地引起了嫉妒之火的燃烧。而此刻,被嫉妒者的情绪也是最为高涨的时候,而他最容易受到嫉妒者的打击也就毫不为奇了。

我们现在先不理会这些奥妙之处(虽说这些奥妙之处值得我们在适当的场合考虑考虑),在这里先探讨一下哪些人喜欢嫉妒他人,哪些人会容易遭到他人的嫉妒,以及大众的嫉妒和个人间的嫉妒有什么不同。

无德之人常常嫉妒有德之人。因为人心的滋养要么靠自身的善性,要么靠他人的恶性。而当自身没有善性可以滋养人心的时候,就需要他人的恶性来滋养人心了。所以,如果一个人的修养没有达到他人的道德境界,那么他就要想方设法来贬低他人以求得自己内心的平衡。

不务正业、好管闲事并且喜欢打听别人隐私的人,通常是极其具有嫉妒心的。因为费尽心思地去打探别人的隐私绝不是由于那些事情与自己有利害关系,所以他们在这么费力的过程中可以得到观看戏剧般的快乐感受。还有一个原因就是,嫉妒是一种放荡不羁的情感,它总是在街头巷尾游荡,而不肯老老实实地待在家里。对于一心只关心自己事情的人来说,嫉妒是不可能存在的。所以,古代的智人说道:"喜欢管闲事的人一定没安什么好心。"

出身高贵的人在新人升官加爵的时候容易产生嫉妒的情绪,因为他与新人之间的差距缩短,而这往往造成了一种视觉上的错觉，他会认为自己的地位无形当中是在下降了。

宦官、老人、残疾的人和私生子都是喜欢嫉妒的人，因为他们没有办法弥补自身存在的缺陷，于是他们便想方设法地给他人造成一些缺陷，来使自己内心得到平衡。不过，上述这些人中，如果有志于改变自身固有的缺陷并使之转化为荣誉的一部分，那就另当别论了。这样人们会说：某某宦官或者残疾人居然做出了这样的大事，就像宦官纳西斯以及瘸子阿偈西劳和帖木儿经过不懈的努力获得奇迹般的荣誉一样。①

同样，在经过大苦大难之后升迁的人也喜欢嫉妒，因为他们总是停留在时代的后面，并认为他人受到了伤害那是对自己曾经受到的苦难的最好补偿。

那些无视自身的轻佻和自负却幻想在众多的事业中都超越他人的人总是心怀嫉妒，因为在他们的周围有太多引起他们嫉妒情绪的对象，在他们幻想成功超越他人的某一方面，有很多人是远远胜过他们的。这样一来，他们的嫉妒情绪就更加强烈了。于是我们就可以更好地理解罗马皇帝哈德良的特性了，他擅长诗画和工艺，因而他也非常嫉妒真正的诗人、画家和技师。

最后还有一种人也喜欢嫉妒，那就是同一家族的亲友、官场上

---

① 纳西斯（Narses，480—574），拜占庭帝国的将军，出身于一个宦官家庭，一生战功赫赫；阿偈西劳（Agesilaus，约前444—前360）是斯巴达国王，有"跛脚国王"的称号；而被称为又"一代天骄"的帖木儿的美名 Timur Lang 在波斯语中的意思就是"跛子帖木儿"。

的同级幕僚和年少时的伙伴。这些人自认为与平辈们相差无几,因此平辈们的突然升迁会经常性地进入他们的记忆之中,使得他们对自己的身份不断否定,对自己不断指责,而嫉妒恰在此时就悄然而生。如果平辈们的升迁能引起更多的旁人关注的话,那么旁人这种肆无忌惮的宣扬传播会更加助长嫉妒者的嫉妒情绪。上帝选中亚伯的供奉时,除了该隐外没有旁人看见,因此该隐对亚伯的嫉妒就更为卑鄙恶劣。[1]以上是关于嫉妒者的论述,暂且说到这里。

接下来,说说那些时不时会遭到嫉妒的人们的情况。首先,德行高的人进入老年之后,很少会有人嫉妒他。因为他的成功和幸运是源于自己曾经的不懈努力奋斗,因此他的报偿是应得的;人们通常对应得的报偿很少嫉妒,只嫉妒那些过于丰富的奖赏和施舍。其次,嫉妒经常在与人攀比的过程中产生,如果没有攀比的话也就没有嫉妒了。因此,君王是不会被人嫉妒的,除非嫉妒者本人也是君王。此外,身份卑微的人在刚刚发迹的时候往往最容易遭人嫉妒,不过随着时间的推移,嫉妒他的人会越来越少。但是,与此相反,品行优异的人在他们好运不断的时候遭到的嫉妒最为严重,因为这个时候他们的优点虽然和从前一样,但是后起的新秀们不断涌现使得他们失去了往日璀璨夺目的光芒。

---

[1] 根据《旧约·创世记》第4章的记载,亚当和夏娃生有两个儿子,大儿子该隐种地,二儿子亚伯牧羊。这两个人都贡献自己的产物给上帝,上帝收取了亚伯的供奉,该隐心生嫉妒,于是就杀死了自己弟弟。

出身贵族的人在升迁时很少遭人嫉妒，因为在世人看来那是他出身高贵的必然结果，而且这种升迁似乎不会给他带来额外的好处。嫉妒的情绪就像是阳光一样，它照射在陡岩峭壁上比照射在平地上更让人感到闷热；和这个道理相似，突然升迁并且一蹴而就位于贵族行列的人比那些慢慢高升的人更容易遭到他人的嫉妒。

那些一直把自己的成就与辛苦劳作、担惊受怕或者巨大风险连在一起的人很少成为嫉妒的对象，因为人们觉得他们的地位和成就是打拼得来的，十分不容易，甚至有时候人们还会可怜他们，而这种怜悯之情恰好是治愈嫉妒的良药。因此，你时不时地会看到，一些深谋远虑的政客在功名显赫的时候总是喜欢在众人面前诉说自己的苦衷，说自己的生活是如何劳累和辛苦。其实，他们并不是真的会有那种感受，只是想通过这种诉苦来减轻别人对他们的嫉妒罢了。不过人们对那种奉命办事的辛苦劳作深表理解，反而对没事找事的忙碌嗤之以鼻，因为最让人嫉妒的就是那种没有任何必要而有所企图的阿谀逢迎；所以，对于身居高位的人来说，消除下属之间嫉妒的最好方法就是维持和保护他们的地位，并使他们享有充分的权利。这样，通过这种方法，就在自己与嫉妒之间建筑起一道坚实的屏障。

由于短时间内的大富大贵而不可一世的人，最容易遭受妒忌。这些人总要表现自己的伟大——或以外表的煊赫，或以克服一切的反对与竞争——才觉得满意。而聪明的人宁可自己吃点亏而给嫉妒的人一点小实惠，在与自己关系不大的事情上多谦让对手。但是尽管这样，下面的这些事实仍然是真实存在的：如果坦率真诚中没有自大与高傲的成分,那么用坦率真诚的态度对待富贵比用虚伪奸诈的态度更不容易遭人嫉妒。因为在后一种举止里,一个人简直是表明他不配享受那种幸福并且还好像明白自己无价值似的,这样的话他无疑是在点燃他人的嫉妒之火。

最后再重复几句来结束这部分的论述。正如本文开篇所说,嫉妒行为含有巫术的成分,因此治疗嫉妒的最好方法也就是治疗巫术的方法,这就不需要所谓的"符咒"来贴在别人的头上了。鉴于此,有些智慧的大人物为了减少别人对他的嫉妒,他就想方设法找个替身在某些场合露面。于是,原本降临到他身上的嫉妒便转移到了替身身上。这种替身有时是侍从仆人,有时是同级的幕僚或者诸如此类的人等等。只要能获得意外的权力和地位,总是有一些甘愿冒险的野心家愿意做这种替身,甚至不惜付出任何代价。

现在来谈谈大众的嫉妒。虽然说个人间的嫉妒害处远远大于用处,但是大众的嫉妒却还多少有一些好处。因为它就像希腊式的流刑[①],可以有效地铲除那些位高而又专权的人。由此可见,大众的嫉妒对其他大人物确实是一种制约,可使他们循规蹈矩,不超越权力的范围。

---

① 又称为"贝壳放逐法",这是古希腊的一种政治措施。公民把自己认为可能危及国家民主制度的人的名字写在陶瓷片或者贝壳上面,然后进行全民投票,记名超过半数的人将会被放逐国外,长达10年。有些人曾经利用这种办法排挤他人,一些优秀的政治家和将军也曾被放逐过。

这种大众的嫉妒在拉丁语中写作"invidia",在现代语言中又叫"不满情绪"。这是国家中的一种疾病,就像染毒一样。正如病毒可以传染到本来健全的部分并使之得病一样,在国家的公民中如果产生了嫉妒,他们会反对一切合理的国家行为,并认为这些行为是罪大恶极的。而此时任何笼络民心的措施都是没有用处的,因为这种办法只不过是表现出一种懦弱,一种对嫉妒的畏惧,这种畏惧对于国家更为不利。这正像各种传染病一样,你要是越怕它,它就越要找上门来。

这种大众的嫉妒好像是针对位高权重的大臣而发的,不是针对君王和国家本身。但有一点是确凿无疑的,那就是如果大众强烈地嫉妒某位并没有什么重大过失的大臣,或者是一国的所有大臣都遭到了大众的嫉妒,那么嫉妒的矛头实际上就是针对国家本身了。以上论说的就是大众的嫉妒或者大众的不满,以及它与个人间的嫉妒有什么不同,而关于它们之间的不同前文已经论述过了。

关于嫉妒之情,最后再补充几句。在人类的所有情感中,嫉妒是一种最捉摸不定的感情了,因为它没有特定的时间场合,总是在不经意间出现;而其他情感则与之相反。所以,古代的智人说得好:"嫉妒从不停止,因为它总在某些人的心中做鬼。"人们还应当注意到,由于爱情和嫉妒是如此地持续不断,所以它们会使人慢慢地变得消瘦,而其他的感情没有这种效果。同时,嫉妒也是最为卑鄙和堕落的一种感情,于是它成了魔鬼的固有特性；而魔鬼就是那个在深夜向麦田撒播稗种的嫉妒者[①]。这正像嫉妒行为所发生的那样，它总是在黑暗中耍计施策，在不知不觉中损害麦黍之类的美好生灵。

---

① 参见《新约·马太福者》第13章第25节，但是这一节中原文并没有"嫉妒者"的字样。

狡　诈

智者的聪慧在于明白其中的道理，而愚者
的蠢笨在于欺诈他人。

狡诈，这是一种较为邪恶的智慧。聪明的人与狡诈的人，他们之间存在着巨大的差异，对于这一点，我们从不怀疑。他们之间的差别不仅仅在于诚实，更在于他们做事的能力。那些经常在赌局上做小动作的人，在打牌的技术上从来不是高手；而在官场上善于拉拢人心、到处游说的人，除了这点能耐之外，就没有其他的本领了。人情世故是一回事，而善于观察周围的世界却是另一回事。有许多揣摩别人脾气揣摩得十分周到的人，在真正办事上却不怎么能干；一个对于人的研究比对于书的研究要多的人的性质，就是如此。这样的人较适于阴谋而不适于议论，而且他们唯有在熟悉的方面是好的。如果他们在不熟悉的陌生人中间的话，恐怕就会迷失方向，发挥不了自己的特长。所以，亚里斯提卜[①]曾经的那句话——"如果把两个人孤立地安置在一群陌生的人中间，那么你就很快发现他们当中哪一个比较聪明，哪一个比较愚钝了"——对他们这种人来说很适

[①] 亚里斯提卜（Aristippus，约前435—前356），昔勒尼学派创始人，古希腊哲学家。

合。一般来说,这些狡诈的人的行为与大街上的小商贩们比较相似,因此不妨看看他们的店里究竟有什么货色。

狡诈的第一个要点是,与人说话的时候,时刻注意观察对方的语气和脸色,就像耶稣会的教士们在他们的戒律中规定的那样,[1]这是由于大部分聪明的人虽然心里能保守住秘密,但是他们的表情却无意间出卖了他们。不过,就像耶稣会的教士所做的那样,在查看对方的脸色和语气时,眼中流露出的目光必须让对方看起来是毕恭毕敬的。

狡诈的另外一个要点是,你如果想要获得某个事物,或者想要解决某个问题而不得不央求别人时,最好的办法是先东拉西扯地说一番赞扬他的话,然后再提出你的请求,这样可以避免他因为清醒而当面拒绝你的要求。我以前认识一位枢密院顾问兼国务大臣,每次去见伊丽莎白女王,请求她签署文件之前,总是先与女王谈论一番国家大事,这样一来,女王就不会过多地注意她将要签署的文件。

与上一点相似,在某人十分繁忙的时刻,你可以毫不顾忌地提出你的请求,这个时候他是没有工夫对你的请求认真考虑的。

---

[1] 耶稣会是天主教的一个主要修会,由西班牙贵族罗耀拉(Loyola,1491—1556)1534年创建于巴黎,目的是重振天主教会,反对宗教改革,维护教皇的权威,其行动的信条是为了达到前述的目的可以不择手段。该会的会士一般不住僧院,不穿教服,而是以各种职业为掩护从事各种阴谋活动,在广泛接触社会的同时,甚至暗杀不与教皇合作的政界要人,因此Jesuit(耶稣会会士)一词在英语中又有虚伪者、阴谋家和狡诈者等含义。

如果某人即将提出某项提案，这个提案的论证依据非常充分，它被通过的可能性很大，而你对此持反对的意见，那么你必须先装出一副十分赞同欣赏的样子，而后在会议上自己可以使用一种能使它被否决的方式主动提出这项提案。

正想要说某件事，刚说了半截又戛然而止，好像你突然意识到了自己失言，这样的情景往往会引起那些与你交谈的人的兴趣，他们会更加想要知道你所说的事情。

当人家以为某种话是从你那里问出来的，而不是你自己乐意告诉的时候，这种话是比较有效的。因此，你可以为他人的问题设下钓饵，其方法就是装出一副与常日不同的脸色，这样别人就会问你脸色为什么发生变化，就像尼希米当年那样："我向来在国王面前是没有愁容的。"①

在难言与不快的事情上，最好是让那言语没什么大价值的人先开口，然后再让那说话有力量的人装作偶然进来的样子，这样的话就可以使当事人关于别人所说的事情向你提问以证实前者所说的话；当年纳尔奇苏斯就曾经用过这种方法向克劳狄报告梅萨丽娜和西利乌斯的婚事。②

---

① 参见《旧约·尼希米记》，在波斯宫廷的流亡的犹太领袖尼希米想要重回耶路撒冷，而当时的耶路撒冷被巴比伦毁灭，因此他在波斯王的面前总是愁眉苦脸，使得波斯王向他发问，说明一切情况之后便得到应允，回到了故地，重建耶路撒冷城。

② 根据塔西佗《编年史》第11卷第29~30章记载，罗马皇帝克劳狄（在位期：41—51）的第三任妻子梅萨丽娜与情夫西利乌斯秘密举行了婚礼，当时的纳尔奇苏斯只是一名以释放奴身份任皇帝秘书的小人物，他设法说服了宫中两名女人向皇帝通风，然后再找机会向皇帝仔细陈述，结果皇帝处死了梅萨丽娜。（可以参见商务版《罗马十二帝王传》中之《克劳狄传》）

在有些事件上如果有一个人不愿意把自己搅和在里边的话，一种狡猾的办法就是借用世人的名义，这时你可以说"四下里都在传闻……"，或者说"大家都在议论……"

我以前就认识这样一个人，他写信的时候总是要把最重要的事情写在书信的末尾作为附言，好像这件事是被他捎带提及似的。

我还认识一个人，他每次发言的时候总是先讲一大通题外话，等到发言快结束了，他才谈到正题，就好像这件事是差点忘记，只是突然想起才被提出来的。

还有些人总是在期盼已久的客人到来时，假装十分意外的样子，就好像客人事先没有约定而意外到来。这时，他们要么正在做一件他们很少做的事情，要么是手里攥着一封书信，其目的就是想引起客人的好奇，使得客人主动地询问他们本来就想说的事情。

狡诈还有一个要点，就是让自己故意在某些人面前说一些话，这样好让他们捡到话茬去传播，从而达到自己预想的效果或目的。我认识两位伊丽莎白时代的旧同僚，他们为了国务大臣的职位而相争不下，但是彼此之间却仍然保持往来，而且他们还常常就国务大臣的职位一事交换意见。其中的一个人说，当下是一个王权日渐衰落的时期，作为大臣需要更多的精力去应对棘手的事务，他一点儿都不想蹚这浑水。另一位立刻捡起这个话茬，并对他周围的人说，他并不想在这种王权衰落的时代去当一个大臣,这可是一件苦差事。于是,原先说这话的人抓住时机,想方设法使得这些话传到了女王那里。女王对"王权衰落"这四个字大为恼火,从此以后她再也不理会另一个人的任何请求了。

另外,还有一种狡诈,被英国人称之为"锅里翻饼"。其做法就是一个人把他对另一个人要说的话颠倒过来,说成是另外一个人对他所说的话。但是说句实话,既然只有那两个人才知道整个事情的来龙去脉,所以最后的真相也只有他们自己清楚,旁人是无法分辨哪一个人的话是真话。

有些人有一种法子,就是以否认的口吻自解,从而影射他人,诱导他人做出对自身处境不利的事情;这就好像说"这样的事情换成我,我是坚决不会做的"。当年提格利努斯替布鲁斯说话时,使用的就是这种方式:"他对陛下忠心耿耿,只是一心想确保皇上的安全。"[1]

有些人平时积累了很多奇闻趣谈,无论什么时候他都可以随手拈来,用来影射他想要表达的东西。这样一来,由于他的话披上了一层富有魅力的外衣,因而既可以保护自己不得罪他人,又可以使得听到这话的人很乐意去传播它。

---

[1] 布鲁斯(Burrhus)是罗马禁卫军的统帅,曾经与塞内加一起当过尼禄的老师。尼禄骄奢淫逸,昏庸无道,布鲁斯曾经多次劝说他要改邪归正,弃恶扬善,结果后来被尼禄毒死(参见商务版《罗马十二帝王传》第249页);提格利努斯(Tigellinus)是尼禄的宠臣,这里所说的他坑害布鲁斯的事情可以参见塔西佗《编年史》第14卷第59章。

如果可以在自己的谈话和语气中体现出自己所想要的答案，这也算是狡诈的一个招数了，因为这样可以减少回应请求的人的困惑。

有些人在说想要说的事情之前，拖延很长的时间，绕很大的弯子，东拉西扯很多无关的东西，让人感到匪夷所思。然而，这样做往往总能达到预期的效果，尽管这需要很大的耐心。

在人们没有防备的时候突然向他发问，这个时候往往使得对方来不及思考，很容易就暴露了我们想要的问题。这就像有一个已经隐匿真实姓名的人在圣保罗教堂散步①，而另一个人突然在后面喊他的真实姓名，他肯定会回头看一样。

像这样狡诈的招数真是数不胜数，如果能把它的所有招数都罗列出来，那真是一件功德无量的事业。因为对于国家来说，还有什么比把狡诈的人当作智慧贤德的人而加以重用更危险的呢？

有一点我们不用怀疑，那就是有些人不知道事物兴衰的起因和缘由，而只知道事物兴起和衰落的表面现象。这就像是一座房子没有一个正式的房间，却只有一些简单的楼梯和门户。所以，人们都可以看到，这些狡诈的人在事件的决议中也许可以找出许多取巧规避的漏洞来，但是他们自身却没有审时度势的能力。然而，他们往往由于自身的无能却得到额外的好处，经

---

① 在培根时代，伦敦的圣保罗大教堂是一个聚会、散步和谈生意的好去处。

常被认为是治理国家、安抚民众的精英。有些人平步青云,与其说是靠着自己的实力逐渐增强,倒不如说是依赖攀关系而上升到高位的;或者就像上文所说的那样,是靠欺世盗名的手段所致。然而,所罗门有句话说得好:"智者的聪慧在于明白其中的道理,而愚者的蠢笨在于欺诈他人。"[1]

---

[1] 参见《旧约·箴言》第14章第8节。

友 谊

朋友是自己的另一身体。

喜欢孤独的人不是野兽就是神灵。

喜欢孤独的人不是野兽就是神灵[①],也许说这句名言的人自己也无法通过其他的言辞巧妙地混淆真理与谬误。由于人们对社会中存在的丑恶现象而流露出的厌恶中也许夹杂着一些兽性,但是如果说这其中也有神性的话则是大错特错了,除非人们一心向往孤独,憧憬一种更崇高的生活。这种更崇高的追求在传说中的异教徒那里多有体现,比如克里特岛人埃庇门笛斯、古罗马国王努马、西西里岛人恩培多克勒和蒂尔那人阿波罗尼乌斯,[②]在现实中也不乏在教会中的众多神父和古代的隐士身上有所展现。但是,普通的民众一般不知道什么是孤独,也不知

---

① 参见亚里士多德《政治学》第1章第2节。
② 埃庇门笛斯(Epimenides)是公元前6世纪希腊的诗人、哲学家,传说他曾经在洞中睡了一觉,长达57年;努马(Numa Pompillus)是古罗马王政时代的第二代国王(在位期:前715—前673),传说他曾经在一个山洞里受仙女埃吉丽亚的教诲,后来便创立了各种宗教历法和宗教礼仪;恩培多克勒(Empedocles,约前490—前430)是古希腊哲学家,传说他跳进了埃特纳火山口而死,这样做就是为了让人们相信他是神;阿波罗尼乌斯(Apollonius)在土耳其蒂尔那(Tyana)出生,关于他有许多奇迹般的传说。他曾经周游各个国家,后来在希腊定居,是1世纪的哲学家。

道这种孤独可以延伸多广；实际上，在没有爱情的地方，拥挤的人群里并没有各自的伴侣，众多的面孔无非就是一条画廊，而相互之间的交谈也只不过像是乐器发出声音而已。这样的场景，曾经有句拉丁格言可以描绘：一座城市就是一片荒凉的原野。由于城市的巨大结构，朋友们身处不同的地方，平时几乎见不到面，因此很多人找不到像小镇上那样亲密无间的友谊。但是我可以更明确地断言，如果没有真正的友谊，那么这个世界只是一片荒凉的原野；如果没有真正的朋友，那么这才是纯粹而彻底的孤独。在这样的荒凉原野上，如果有人天生就没有结交朋友的欲望，那么他的天性无疑只能源于兽类而非人类。

友谊有一个主要作用，那就是可以宣泄积压已久的情感，从而使心情舒畅。喜怒哀乐的长期积压可以使得情感饱和，欲向外发泄。人们都知道滞痾郁疾对人的身体十分有害，然而情感的积压也是这个道理。人们用铁质丸浚脾，用菝葜剂舒肝，用海狸香通脑，用硫黄粉宣肺；但是除非有真正的朋友，世界上恐怕没有人能够治疗心病。只有和知心的朋友倾诉，人们才会把各种积压在心头的感情——忧伤、快乐、恐惧、希望、忠告等等抒发出来，这就像是在教堂门外的衷心忏悔。

假如你知道国王君主们是如何重视我的这番言论，你一定会感到无比惊奇。因为他们对友谊的重视程度，使得他们往往忘记了自己的身份和安全。考虑到国王与大臣们之间的地位差别很大，他们之间原本是没有任何友谊可言的。当然如果国王把大臣的地位提高到与自己平起平坐的程度，那就另当别论。不过，这样的做法通常会导致很多麻烦。这种人在现代的语言中被称为宠信或亲信，就好像他们的地位升迁是由于国王的宠幸或者与国王的交往密切所致。然而在古罗马语中，这种人被称为"分担忧愁的人"，这个名称倒是说出了他们地位升迁的缘由和自身的作用。人们还可以清楚地看到，有些国王懦弱无能、多愁善感，于是他们总是喜欢与臣子们结成莫逆之交；但是还有一些怀有雄韬大略、能建功立业的帝王们，他们也经常与大臣们来往密切，以朋友相称，甚至在某些场合也允许其他人以同样的方式与他们交往。

苏拉统治罗马的时候，一度不断提升庞培的地位，后来甚至授予他"伟大的人"的称号，结果庞培自夸已经超越了苏拉。有一次，庞培置苏拉的好恶于不顾，坚决让自己的一个朋友做执政官。苏拉对于他的这种做法十分不满，就开始用君王的口气对他说话。可是没想到庞培竟然公开对苏拉发怒，并命令他不要再提这件事。不禁让人想起苏拉曾对庞培说过的那句话，毕竟**"与赞美落日的人相比，崇拜朝阳的人比前者更多"**。[①]德基摩斯·布鲁图也曾获得过可以对恺撒施加影响的能力，甚至恺撒在他的遗嘱中明确指定布鲁图是在甥外孙之后的第二顺序继承人。但是，也是布鲁图把恺撒引向了死亡之路。恺撒顾及一些不祥之兆，尤其是考虑到了妻子的噩梦，于是便决定取消那次元老会议。这个时候，布鲁图挽住了恺撒的手，并把他从椅子上拉了起来；与此同时布鲁图说他不希望恺撒让元老们失望，更不想看到只有等恺撒的妻子做了美梦之后才召开元老会

---

① 这句话是公元前81年庞培率领军队从非洲回到罗马后，强迫苏拉为他举行凯旋仪式时所说的。

议[①]。这一举动充分展现了他获得的宠幸是多么深厚，就像西塞罗引述一封安东尼的信所说的那样，恺撒被巫师般的布鲁图彻底迷惑了。奥古斯都曾经不断提拔阿格里巴[②]的职位，使其从身份卑微的普通人一直上升到高位。后来，奥古斯都就女儿尤丽娅的婚事询问玛塞纳斯[③]，后者直接说道："既然他的地位这么显赫，你要是不把女儿许配给他，就只能杀掉他，除此之外没有其他的办法。"在提比略主政的时期，塞雅努斯[④]的位置极为显赫，当时就有人把他们称为一对好朋友。提比略在一封写给塞雅努斯的信中说："考虑到我们之间的深厚友谊，我从来没有对你隐瞒过什么事情。"[⑤]元老院非常敬重他们两人之间的伟大友谊，特别建造了一座友谊祭坛，就像给女神建的祭坛一样。塞维鲁与普劳蒂亚努斯的关系也和上面的例子一样[⑥]，或者说更是超越了上面的例子。塞维鲁曾经迫使大儿子娶了普劳蒂亚努斯的女儿，并且他还一度容忍普劳蒂亚努斯在公开的场合侮辱他的儿子。他在写给元老院的一封信中曾说："我对这个人爱护有加，希望他比我活得长寿。"[⑦]

[①] 恺撒遇刺前的详情可以参阅商务印书馆1995年版的《罗马十二帝王传》第41~43页和人民文学出版社1978年版的《莎士比亚全集》第8卷第241~245页。
[②] 阿格里巴（Agrippa，约前62—前12），古罗马统帅，战功卓著，平民出身的他深得奥古斯都的信任，曾经两度担任执政官，并娶奥古斯都的女儿为妻。
[③] 玛塞纳斯（Maecenas，约前70—前8），古罗马艺术保护人、政治家，是维吉尔、屋大维和贺拉斯（即后来的奥古斯都）的好友，在奥古斯都继位以后变成了他的顾问。
[④] 塞雅努斯（Sejanus），古罗马阴谋家、政治家，提比略的宠臣，长期担任禁卫军的统帅（15—31），31年出任执政官；曾与提比略的儿媳莉维亚一起谋划毒死了提比略的儿子德鲁苏斯，后来由于对提比略造成威胁而被处死。
[⑤] 参见塔西佗《编年史》第4卷第40章。
[⑥] 普劳蒂亚努斯（Plautianus）和上例中的塞雅努斯的情况基本类似，在塞维鲁当政（193—211）时期担任过禁卫军的统帅，于204年由于密谋策划篡夺王位没有成功而被诛杀。
[⑦] 参见狄奥《罗马史》第75章第6节。

上文所说的这几位皇帝如果都像是图拉真或马可·奥勒留[1]那样的话,那么,人们或许认为那是由于他们的天性比较善良、单纯。然而,事实上并非如此,上述这些君王们都是那种狡诈诡异、骁勇善战之辈,不仅生活作风严厉,且都属于自私自利之徒。虽然他们已经取得了极高的地位,拥有巨大的财富,但是仍然需要朋友,以使得生活更加完美。还需要说明的一点是,他们都是有家室和亲属的帝王,但是家庭的天伦之乐并不能替代友情所带来的快乐。

在这里,康明[2]对他的第一位主人勃艮第公爵查理的评述也不容忽视。康明说查理很少向他人吐露心声,更别说那些令他倍加烦恼的秘密了。后来的查理由于一直守口如瓶,意志日渐消沉,甚至连基本的判断能力也消失了。毋庸置疑,如果康明同意的话,他的这番讲述同样也适用于他的第二位主人路易十一,因为这位国王的缄默也使得自身深受其害。虽然毕达哥拉斯的那句三字格言极其难懂,但是它却一语中的,道出了实情:勿食心(Cor ne edi-to);如果想将其用清楚的言辞表达出来,那就是没有可以交心的朋友以至于最后自己被自己的心声所累。不过,如果向朋友倾诉心声的话,可能会导致两种相

---

[1] 其实这两位罗马皇帝非常喜欢动用武力处理事务。图拉真(Trajan,在位期:98—117)被人们认为善良,大概是由于他的处世态度比他的先辈们温和一些,同时还较为妥善地处理了国内的社会矛盾,使得罗马出现了"太平盛世";马可·奥勒留(Marcus Aurelius,在位期:161—180)的政绩一般,但由于他是新斯多葛派的哲学家,在行军中写成了《自省录》12篇,其言论大部分都富有见地。
[2] 康明(Philippe de Comines,约1447—1511),法国历史学家、政治活动家,曾经先后事勃艮第公爵查理、法王路易十一和查理八世,晚年写成《回忆录》8卷,具有较高的史料价值,现在已被翻译成多种语言,培根在这里引用的评述就是出自这本书的第5卷第3章。

反的结果，这一点却令人大为惊奇。凡是把欢乐的事情与朋友分享的人，会感到更加快乐；而那些把忧愁告诉给朋友的人，忧愁也瞬间减少半数。所以，友谊对人心所起的作用就像炼金人的点金石对人体所起的作用一样，尽管其完全相反，但却都对身体产生益处[①]。不过即使不用炼金人的点金石做比喻，也有其他类似的说法，那就是任何物质聚集在一起，都可以保持并发挥自身的天性，与此同时还可以有效地减弱外界对其的影响。自然界的一切物质都是这样，人的心灵也是这样的。

就像友谊的第一种作用对感情的健康极为有益一样，友谊的第二种作用则对理智的健全发挥着重要作用。这是因为友谊不仅可以把感情上的阴霾乌云变成万里晴空，而且可以把理智上的昏天暗地变成朗朗乾坤。这些变化不能仅仅归因于朋友的劝告；实际上在朋友的劝告之前，任何有无数问题纠结在身的人只要和周围的人多多沟通，他也会豁然开朗，从而更加有效地表达自己的意思，采取理智的行为，并且对自己的思想变成语言后产生的效果有一个清晰的判断，从而变得更加明智起来。这大概就是"听君一席话，胜读十年书"的道理吧！特米斯托克利[②]对波斯王说："语言就像是铺展开来的地毯，心中的意象观念就是地毯上的图案；而思想就像没有打开的挂毯，一切意象观念都被紧紧包裹在里面。"友谊的这种启蒙理智的作用，

---

① 传说中的点金石既可以替人祛病除疾，又可以使人增加寿命，前者为减，后者为增，但是都对身体具有好处。
② 特米斯托克利（Themistocles，约前524—前460），古雅典的民主派政治家，曾经担任执政官，其政绩显赫，后来遭到贵族派用陶片放逐法的放逐，流亡到了波斯（前465），波斯王子十分友善地厚待他。

不仅仅局限于那些可以提出建议或忠告的朋友，因为即使没有这样的朋友，我们也可以自己与自己对话，凭借自己的思想，就像磨刀石上的刀刃一样，慢慢进行磨砺。简而言之，人们宁可对着一尊雕像或者一幅画作进行畅谈，也不想把一切想法和观念压制在心中。

为了更好地说明友谊的第二种作用，请允许我再就大家都已经十分清楚的一点——朋友的劝告——做一些阐释。赫拉克利特曾经说过："Dry light is ever the best"。[1]毋庸置疑，仅仅依靠自己的理解而做出的判断或选择，通常情况下没有朋友的建议或劝告更为合理与完善；这是因为一个人的理解和判断总是受制于自己的生活习惯和偏好之中，不免有些片面。所以，自己的主张往往与朋友的建议出入非常大，这就像阿谀奉承的人与知心朋友的忠告之间存在的差异一样。因为自己是最喜欢奉承自己的人，而朋友的忠告无疑是治疗自以为是这一顽疾的最好良方。

一般来说，忠告可以分为两类：一类是品行方面的忠告，一类是事业方面的忠告。就品行方面而言，朋友的谆谆劝告是

---

[1] 大概是由于赫拉克利特本来就有"晦涩哲人"的称呼，这是一句以讹传讹的格言。从古希腊语翻译成拉丁语的时候就已经出现了lumen siccum（dry light）二字，对于这样的情况，西方学者的解释历来就非常多，剑桥大学的 Charles H. Kahn 在其著作 The Art and Thought of Heraclitus 一书中用了整整10页（1979年版第245~254页）来研究这句话的来龙去脉和其中存在的讹误；除了培根的英文翻译外，这句格言的英语翻译还有 "The dry light is the wisest Soul" "The dry mind (uninfluenced by feelings and appetites) is the wisest and best" 和 "The dry soul is the wisest and best"；本书的翻译者在这里将这句格言理解为"没有个人偏见的意见往往是最为明智的"。

保持心灵健康的最好药物。严于律己有时会显得过于刻薄，劝说读一些经典著作又未免有点枯燥乏味，而以他人作为参照往往又不符合自身的情况；所以最好的办法就是听取朋友的良言忠告。历史上的英雄人物，有些就是因为没有及时听取良友的建议而酿成了大错，从而毁掉了自己一生的名声和运气，让人回想起来真是不可思议。这样的英雄人物正如圣雅戈说的那种人，虽然自己也时常照镜子，但是一转身就忘记了自己的形象。[1]就事业方面而言，只要一个人他自己愿意，他可以自认为两双眼睛的见识并非多于一双眼睛的见识，或者发怒的人比默念过英文字母的人更加理智，或者当局者总比旁观者清，[2]或者把步枪放在架子上和举在手里打的效果一样；总而言之，他可以任意发挥自己幼稚而可笑的想象，认为自己可以是世界上的任意一切。

但是，等所有的尝试都过去之后，他会发现原来只有忠告才能纠正他在事业上的偏离。如果有人认为，他是乐意接受忠告的人，但只是分散地就一件事同一个人商量，就另一件事同另外一个人商量。当然这样的做法不错，但是他可能面临两种风险：一是由于除好友至交外几乎没有人全心全意地为他的利益考虑，因此他很可能得不到真正的忠告；二是他虽然得到了一些建议，并且这些建议也出自好意，但是可能并不可靠，甚至对他本身的利益产生危害，也就是他得到的建议利弊参半。这

---

[1] 圣雅各在《新约·雅各书》第1章第23~24节中用这个比喻形容那些藐视基督的劝诫并不落实行动的人。
[2] 在培根时代，英语字母i和j、u和v并没有什么区别，因此字母表中只有24个字母。此外，西方人认为人在愤怒的状态下只要默念一遍字母表就可以停止愤怒。

就像你生病了去看医生，虽然这位医生能够治疗你的病患，但是他并不了解你的身体状况，结果他很有可能治标不治本，甚至在另一方面对你的健康有害，这就是所谓的治好了疾病却杀害了病人。但是，如果帮你提建议的是一位知心朋友，他就会全面考虑你的事务，尽量避免给你带来意外的麻烦。所以，不要过分依赖零散的建议，这样做只会导致事情更加混乱，而很少产生引导事态往良性方向发展的指导作用。

除了上文所述的两种作用外，友谊还有一种作用，可见于各种日常行为和各种场合；这样的作用就像成熟的石榴一样，内部有很多果粒。如果想要说明友谊的每一种作用的话，最好的方法就是寻找生活中有多少事情单独依靠自己无法完成，这样一想，"**朋友是自己的另一身体**"这句老话就会显得过于谨慎，因为事实上朋友的作用往往大于一个己身。人的命运都是有定数的，许多人直到临终前心里还惦记着某些事情，比如安顿子女，完成工作等等。但是，如果临终的人有位至交的话，他就可以毫无牵挂了，因为他清楚地知道有人会帮助他料理后事；于是，就他所牵挂的事情而言，可以说他有了两次生命。一个人只有一副身体，而一副身体不能同时出现在两个地方，但是如果一个人远方有朋友的话，就可以说那个地方有他的代理人帮他办事。

一个人在有限的一生中有多少难言之隐呢？如果一个人既不能彰显功劳，自身又很谦卑，更不说炫耀自己的功绩了；又比如人在某些时刻不能低头去央求或者哀告。像这些不适合自己说的话，如果出自朋友之口却是万分得体。另外，社会角色使得一个人无法摆脱自身固有的关系,比如他作为父亲对儿子说的话,作为丈夫对妻子说的话,鉴于自己的身份对敌人说的话,但是对朋友则无须考虑任何因素,只要就事论事即可。关于这类的事例多不胜数,我曾经就提出一条规则:一个人如果不能恰当合理地扮演自己的某个角色,且他周围又没有一个真心朋友,那么他最好还是退出生活的舞台吧。

疑 心

疑心就像一只蝙蝠，它总是在黄昏的时候出现。

疑心就像一只蝙蝠，它总是在黄昏的时候出现。谁也不能否认，我们应该消除疑心，至少应该对其加以抑制。因为疑心会使得大脑蒙蔽，友谊遭到破坏，公务不能执行，从而使事业不能顺利地进行。疑心还使得君王乱施暴政，使得丈夫心生嫉妒，并使得智者也变得犹豫不定，情绪凝结于心。然而，疑心并不是心灵上的疾病，而是大脑出现了病患，因为即使性格最为坚强的人也会起疑心，英国国王亨利七世就是最好的例证。就疑心的重大和性格的坚强，几乎没有人能与亨利七世相提并论，而如果具有那样一种禀性，疑心就不会产生大的伤害了；因为具有那种禀性的人一般会仔细审视自己的疑心，分辨事情的真假，而不是轻易地迁就疑心。但是对于那些胆小怕事的人来说，疑心一旦产生就会变得越来越严重。最容易让人产生疑心的就是对事实情况知道得很少，所以消除疑心的办法就是尽可能多地了解实情，而不是让疑心潜伏在事实真相的迷雾之中。

人们为什么要多疑呢？难道他们认为自己雇佣的或所结交的人都应该是圣贤吗？难道他们认为他人就不应该为他们的利益打算吗？难道他们认为别人就应该忠于他们而不是忠于自己？从中可以看出，减轻或者消除疑心的最好方法是，一方面可以把可疑的地方视作真实来加以防范，另一方面可以将其视作虚假而加以抑制。如果能做到这一点，猜疑就不会造成任何伤害。

头脑中存在的疑团不过是嗡嗡的蜜蜂之鸣，而那些由恶语闲言组成的疑云却带有锋利的芒刺。驱散这种疑云的最好方法，就是把自己心中的疑团全部告诉被怀疑者，这样怀疑者就会比以前更加了解被怀疑者，同时被怀疑者也会在今后多加注意自己的言行，不再因为言行上的失误而遭致他人的怀疑。但是，这种将心中疑惑全部告诉对方的方式并不适用于天性卑劣的人，因为那种人一旦知道自己被人怀疑，便很少有真诚了。意大利人有句名言："疑心是忠诚的护照"，好像有了猜疑，忠诚便很快离去；其实，猜疑应该激发忠诚不断证明自身的不可否认。

愤　怒

> 愤怒是人天性中的一部分，但是在程度上必须有所节制，在时间上必须有所限制。

和颜悦色，丝毫没有气愤的时候，这只不过是斯多葛派哲学家们的奇言怪谈。人们早已遵从更符合实际的神谕："心中有了怒火就要发泄出来，但是千万不要因为发怒而犯罪，更不要过了好长一段时间后还余怒未息。"[①]愤怒是人天性中的一部分，但是在程度上必须有所节制，在时间上必须有所限制。下面我将要讨论怎样克制发怒的天性和习惯；其次谈谈如何压制这种特殊的行为，或者如何使得这种行为造成轻微甚至无伤害；最后探讨一下如何使他人息怒或者动怒。

要想克服动不动就发怒的习惯，唯一有效的方法就是认真反思发怒的直接后果，想想它是怎样扰乱你的生活。最好在怒气平息之后去反思，这是反思的最佳时机。塞内加说得好："怒气就像摇摇欲坠即将倒塌的房屋，在它倒下的地方留下的只是一片

---

① 参见《新约·以弗所书》第4章第26节。

废墟。"①《圣经》也劝说人们"一定要保持冷静，耐心地等待"。②谁如果失去了耐心，谁也就失去了理智。而人更不应该像蜜蜂那样，"为了那愤怒的一蜇，却断送了自己的生命"③。由此看来，愤怒的确是一种有害的情感，因为它往往出现在容易支配的老弱病残或妇孺软弱无力的时候。不过平常人必须注意，如果被人激怒的话，应该对冒犯者表示出鄙夷的样子，而不应该表现出恐惧的神情，要不然你所受到的伤害会更加严重。只要你把上述的提醒作为自己的规则，这一点对于常人来说不难办到。

谈到怎样克制愤怒，必须要知道发怒的原因不外乎有三个方面。一是对于他人的伤害过于敏感。但凡动怒的人都是觉得自己受到了伤害，所以感情脆弱的人总是容易发怒，因为他们总会遇到令他们恼羞成怒的事情；然而这些事情对于性格坚强的人来说则没有什么影响。第二个原因是受到伤害的人认为对他的伤害以及当时所处的环境使他蒙受了巨大的耻辱，而耻辱和伤害一样可以使人气愤填膺，甚至比伤害本身更能让人动怒。所以那些敏于发现自己受到侮辱的人经常动怒。第三个原因是某人的名誉被社会上的舆论侵害，这是最不能让人容忍的地方。抑制这种愤怒没有其他的办法，只有像贡萨洛④当年所说的"为名誉建造一个更加坚固的掩体"。不过在上面的情况下，为

---

① 参见塞内加《论愤怒》第1章第1节。
② 参见《新约·路加福音》第21章第19节。这是耶稣在向门徒们预言，大的灾难和残酷迫害将要到来，并以此作为告诫。
③ 参见维吉尔《农事诗》第4卷第238行。
④ 贡萨洛（Fernández de Córdoha, Gonzalo, 1453—1515），西班牙最为有名的将军之一，其一生的战功无数，功业显赫。

自己赢取时间，等待报仇泄愤的机会，同时又能准确地预见到那个时机，这是抑制愤怒的最佳办法；这样一来你就可以使自己平静下来，不至于当场发作。

如果想要当场发作的愤怒不造成任何严重的危害，必须注意两个要点。一是发泄愤怒的言辞不应该过于强烈或刻薄，尤其是不要明确具体地恶语伤人，要知道泛泛而无所指地痛骂也可以化解心中的怨恨。同时，发怒的人一般不要揭别人的老底，因为那样会使得其他人都不愿意与你交往。第二个要点是不要由于陷入愤怒之中而随意地抛弃自己的职责。总而言之，不管你怎样表达愤怒，尽量不要做那种无法挽回的事情。

至于说到如果让他人发怒，一定要选择好时机，即要在对方心情极端恶劣，最容易爆发脾气的时候激怒他们，另外再用你所能利用的一切手段加大对方受到侮辱的感觉。而不想让他人动怒的方法却正好相反，就是如果想告诉某人一件令他不愉快的事情，最好的是在他心情极为爽快的时候，因为第一感觉非常重要；另外就是尽最大可能地使他觉得自己虽然受到了伤害，但是并没有受到侮辱，这样你就可以把那些伤害归因于误会、激动、忧虑或者一切你可以想象出来的理由。

高　位

人一旦做了官，本性便暴露出来了。

身居高位的人是具有三重身份的奴仆：一种是君王或国家的奴仆，一种是公众舆论的奴仆，还有一种是职权职责的奴仆。因此他们是没有自由的，既没有个人的自由，也没有行动的自由，更没有时间的自由。要追求权力而丧失自由，或寻求凌驾他人的权力而失却统治自己的权力，这种欲望是一种难以想象的欲望。要升到高位上，其经过是很艰难的，但是人们却要吃许多苦以取得更大的痛苦；投机取巧时，其经过有时是很卑劣的，然而人们却借着卑劣的手段达到尊贵的地位。在高位上居留是很不稳定的，其退步或是垮台，或者至少是声名狼藉，这些结果都是可叹可悲的。有古人曾说："当你到了像我现在的状态，活着不如往昔的时候，就再没有活下去的理由了。"[1]

但是这句话也有不对的地方，人们在愿意退休的时候是不能退

---

[1] 参见西塞罗《致友人书简》第7卷。公元前48年，法萨罗战役爆发，西塞罗曾经一度支持的庞培被恺撒打败，于是西塞罗在政治上很不得志，这句话就是他当时的感叹。培根评论说这句话也有不恰当的地方，是非常有道理的；因为就连西塞罗本人也不会无动于衷，结果他在公元前43年被安东尼的部下杀死。

的，并且在应该退休的时候是不肯退的。反之，人们都不愿过退休的生活，甚至在老病之中，需要隐居的时候也是这个样子，就好像有些城市里的老头儿一样，总要坐在街门口，虽然这种方法使年迈成为过往人群的笑柄。无可否认，居高位的人们得要借他人的感觉才能以为自己是幸福的，因为如果他们凭借自己的所感来判断，就不会发现自己是幸福的。但是假如他们自己想一想别人对他们做何感想，并且想到别的人如何愿意成为他们，那么他们就好像是由外面的谈论而快乐了，同时在内心中也许正好相反。因为这些人是首先发现他们自己的忧患的人，虽然他们是最后才看出自己的过失的人。毋庸置疑，居高位的人们对自我是陌生人，并且在事务匆忙之中，他们是没有时间来照管自己的身体或精神上的健康的。这种情况正如一位占人的感叹："如果一个人在死的时候，别人过于知道和了解他，而自己却不知道自己，那么死亡的降临可真是一桩大祸了[1]！"

居高位的人们有为善与为恶的自由；而为恶却是一种可以诅咒的自由，因为谈到作恶最好是不愿意，其次就是不能够。但是有能做好事的权力那才是真正的而且合法的希望之所系。因为好意，虽然上帝接受，然而对于世人，要是不实行出来，那不过如好梦一般而已；而要行好事就非要有权有位，有一种居高临下的气势不可。功与德是人类行动的目的，而感觉到自己已经有了这两样才是令人满足的成就。因为，如果一个人能够参与上帝的剧场，那么他也可以参加上帝的安息了。《圣经》有

---

[1] 参见塞内加所著的悲剧《提埃斯忒斯》第2幕。

言道:"上帝转身看他手造的一切,看见它们都是很好的。"①于是便有了安息日。

在执行你的职务的时候,在你面前要有最好的模范;因为模范就等于是一套箴言。以后,过了些时候,可把你自己的模范放在面前,并且严格地自检,是否你从前做得好而现在退步了。也不要忽视从前那些在同样的位置而不称其职的人的例子;这并非是要用诋毁前人的名声的方法来显出自己的好处,而是要指导你自己,应当以什么为戒。因此,你应当不带着欺凌毁污前代或前人的意味而改革以往的不善,同时也要给自己立规矩,不单要仿效,并且还要创立好的先例。你必须要把事物追究到最早的起源,并且考察它们因为什么而且如何退化的,但是仍要向古今两个时代都去求教;向古代问什么是最良好的;向现时问什么是最适当的。

你必须要努力把你的行事之道做得很有规律,前后一致,如此他人可以知道他们可以预期什么;但是也不要过于一定或确定;并且在你违背常规的时候要把自己所以如此的缘由解释得清清楚楚。保持你自己的地位应享的权利,但是不要引起法律上关于此点的争论:宁可静静地在事实上享受这种权利,也不要用索要和强争的手段去公开吵闹。同样,保持下属的权利;并且以居首指挥为荣,而不要以参与一切为荣。在执行职务上欢迎并邀请帮助和忠告,不要把带消息给你的人认为是好管闲事的人而将他们拒之门外;相反,要好好地接待他们。

---

① 参见《旧约·创世记》第1章第31节。

位高权重的人主要有四种不好的习惯,即拖沓、受贿、粗暴和碍于情面。如果要避免拖沓,就必须保证机关畅通,严格遵守约定的时间,以最快的速度完成自己的任务。一般情况下不兼职多种事务,除非是紧急时刻情非得已。如果要避免受贿,不仅需要严格约束自己和部下不要接纳贿赂,而且必须约束有所请求的人不要送。因为一个人自己实行的节操是约束自己和属下的,而宣扬出去的节操,再加上公开的对贿赂的厌恨,就是约束他人的。这样的行为,既可以避免错误,又能消除怀疑。当权者的政令要是被人认为反复无常,或者无明显的缘故而公开地变更了,就要招致贪污的嫌疑。因此,无论什么时候,当你变更你的主意或行事之道的时候,要把这件事公开地承认了,并把这件事和使你变更的理由公布于众,不要想偷偷摸摸地做了。

一个仆人或宠幸,假如他仅仅是与你亲昵而没有显然的可称赞的地方,就要被人认为是暗行贪污的一条门路。至于粗暴,那是一种不必要的招怨之道。严厉生畏,但是粗暴生恨,即在公事上的谴责也应当庄重而不应当侮辱嘲弄。说到碍于情面,这比受贿的危害性更为严重,因为受贿只是偶尔的行为;但是如果屡请和无理由的贪念可以打动一个人,那么这个人就永远不会没有这种情面事了。正如所罗门所说:"看情面是不好的,因为这样的人是会为了一块面包而枉法的。"[1]

有句古话说得好:"人一旦做了官,本性便暴露出来了。"高官

---

[1] 参见《旧约·箴言》第28章第21节。

厚位使得一些人找到了人生价值,却也使有些人不断堕落。塔西佗说到伽尔巴时说:"如果他没有做过君王的话,也许人们都会认为他适合做统治者。"[①]但他说到韦斯帕芗时却说:"做了君王以后更加有为的人,恐怕只有韦斯帕芗一个人了。"不过,塔西佗的前句话是对针对治国的良才而言的,后句话是针对道德情操而言的。高位显职是体现德行的关键所在;因此,升官加爵后自身的德行陡增,这是德行高尚的人的明显标志;就好像在自然界中一样,事物向它们的位置动的时候,动得就很剧烈,而在它们的位置上动的时候,动得就很缓和。所以,德行在努力上升的时候是猛烈的,而在当权的时候是安稳平和的。

一切升迁腾达都像登一条迂曲的楼梯一样,在上升的过程中如果遇到了派系纷争,就不妨加入其中的一派,等到登顶之后却必须保持中立,不结党营私。对于这个位置上的前任官员,我们评论时要非常谨慎,因为假如你不这样做,那么这就是一种债务,将来你离开这个位置的时候人家是一定要偿还你的。如果你有同僚的话,应该充分尊重他们,哪怕在他们不想求见的时候去召见他们,也不能在他们有急事需要求见的时候而故意不见他们。在私下里与人交谈的时候或者回复私人信件的时候,头脑中不要总是闪现自己的位高权重,最好的状态是让交际往来的人说:"他在执行职务的时候是另外一个人。"

---

① 参见塔西佗《历史》第1卷第49章。

胆　大

胆大妄为的人往往不顾事情的严重后果和危险，因而他们的行为大多是鲁莽的。

下面这个故事是一段小学课文，内容浅显易懂；但是却值得包括智者在内的每一个人沉思。故事里讲到有人问狄摩西尼：对于演说家来说，什么是最重要的？他回答说，动作。那其次呢？——还是动作。[1]说这话的人很清楚他所说的内容，但却是一个在他所称扬的事情上并没有天生优势的人。[2]演说家的动作应该说是演员必不可少的一个素质，但是对于演说家而言，不外乎是个外在的表现；然而动作之于演说家却被过分地强调，一度超过了演讲题目的选择和辩论方式的创新等重要技能。非但如此，动作被追捧得简直成了演说的唯一元素，好像它就是最为关键的部分，除此之外别无其他。这真是让人觉得十分奇怪。不过，仔细一想，这其中的缘由也是非常明显的。因为人的天性中不乏愚钝，并且愚钝是多于聪明的，因此那些让愚钝

---

[1] 西塞罗在《论演说家》、普鲁塔克在《十大演说家生平》中都曾经记载过这段故事。
[2] 这位演说家口中含着石子练习发音，对于这样的事例大家都知道；但是几乎没有人知道，他还曾经在身边悬剑坠权，对着镜子规范自己的演讲动作。

的人明白事理的技能通常是最为有效和流行的。有意思的是，国家事务中的胆大妄为与上文所述的情况极其相似。对于国家大事而言什么最重要？——胆大。其次呢？——胆大。再其次呢？——还是胆大。

然而，这种胆大只是愚昧无知的产物，根本不是治国之才所应当具备的。尽管如此，人们还是受到它的蛊惑和控制，尤其是那些占全体国民大部分的愚钝或软弱的民众。更匪夷所思的是，连自诩很聪明的人也会受到它的引诱。所以我们就不难看到，胆大在那些缺乏元老院和王公贵族的民主国家创造出了很多丰功伟业，但我们也应该意识到，胆大在行为人第一次做事的时候效果极其显著，以后的效果就不是很明显了。这是因为，乱用胆大的人向来是没有信用的，他们随着胆大行为的不断实施也随之失去人们的信任。就像帮人看病的人有江湖医生，为国家大事出谋划策的人也有所谓的江湖术士。他们声称自己的计策是多么的神奇有效，也许有两三次试验能够侥幸成功，但是这些计策毕竟缺乏科学的依据，最终还是不能持续地开展下去。

毫无疑问，在有知识阅历的人看来，胆大妄为的人无非就是被人嘲笑讥讽的对象，甚至在一般人眼中也是如此的荒诞不经。如果说被人嘲讽的对象总有几分荒唐的话，那么胆大包天自然就是彻头彻尾的嘲讽对象。看看那些胆大妄为的人遭遇难堪时的样子吧，他们的脸会缩成一团，像是冻僵了一般。一般人遭遇难堪时脸会发红或者变色，而胆大妄为的人却没有丝毫变化，呆呆地停滞在那里，就像下棋时被困的一方，虽然没有被彻底打败，但是已经没有还手反击的余地了。我们应该引起重视的是，胆大妄为的人往往不顾事情的严重后果和危险，因而他们的行为大多是鲁莽的。虽然胆大妄为在决策事务的过程中是十分有害的，但是却对执行事务是有利的。这是因为在决策的时候需要全方位地预测可能存在的风险，而执行的时候则必须排除一切不利因素彻底地贯彻实施，当然这些不利因素与人的生命攸关的时候就不可等闲视之。因此，我们应该合理地安排这部分人，而不应该把事务的全部过程都交给他们处理。在适当的场合，应该安排他们作为执行的副手，并让他听从于他的上级指挥。

善 与 性 善

他让阳光照好人，也照坏人，他降雨给善人，也给恶人。

然而，如果到处对人行善，那么这善良也就不复存在了。

我所采取的关于"善"的真正含义，就是旨在造福于人，这也就是古希腊人所谓的"爱人"，而用时下流行的"人道"一词来表示它还有些不足以完全表达这种意思。我认为善良是人的天性，而性善就是性格的倾向。在人类的众多美好品格中，善良是至高无上的，也是最美的，因为善良是上帝特有的品性。

如果没有善良，人类就像虫豸一样庸碌无为，并且还对周围的环境有不小的危害。善良和神学三德①中的博爱是相一致的，也许可能会错误地施予，但是永远不会有施舍过度的时候。天使们曾经因为过度地追求权力而自甘堕落②，人类也曾因为过度的

---

① 基督教徒应该具备三种美德：信仰、博爱、希望；或曰：有信、有爱、有望。
② 指撒旦与他的同伙想取代上帝的位置没有成功，后来受到惩罚而落入地狱的故事。参见弥尔顿《失乐园》第1卷第27~81行。

追求知识而遭受与天使同样的下场,①但是博爱却没有过度的情形,无论是神或人,都不会因它而受到危险。人性之中天然包含着善心,如果这善心没有给予人类,那么它终将施予其他的生灵,正如人们在土耳其的所见所闻那样。尽管土耳其人是个十分残暴的民族,但是他们对待自己的牲畜却很仁慈,时不时地还给狗和鸟类一些食物。

比斯贝克②曾经记述过一件事情,一名无知的基督教青年在君士坦丁堡玩弄一只长喙鸟,用东西塞住了这只鸟的嘴。后来,他被旁边的行人看见了,这位青年差点被行人用石头砸死。善良或博爱有时候也会被施舍给错误的对象,因此意大利有句值得深思的名言:"**如果到处对人行善,那么这善良也就不复存在了。**"

将这种论调用缜密的思维公之于众的当属意大利学者马基雅维利,他在他的作品中直接写道:"善良的人们虔诚地信仰基督教,但是他们哪里知道,基督信仰已经把他们当作祭祀献给了残暴无道的国君。"③马基雅维利之所以这么直接地批判,是因为从来没有任何法律、教义或信仰像基督教这样竭尽全力地劝说人们行善。因此,只有人们不错误地施予善心,上面所论述的种种情况才能避免。

---

① 指夏娃和亚当偷吃智慧树的果实而被逐出伊甸园的故事。参见《旧约·创世记》第3章。
② 比斯贝克(Ghislain de Busbeeq, 1522—1592),佛兰芒学者,曾经作为神圣罗马帝国皇帝斐迪南一世的特使而进驻君士坦丁堡。
③ 马基雅维利是《君主论》一书的作者。这里的引用出自于他的《论李维》,不过培根好像是断章取义,因为在这段话后面马基雅维利接着说:"这种看法是不正确的⋯⋯"

为他人造福是每个行善者的追求，但是又不能被他人的无理要求和妄想所驱使。如果是那样的话，行善者就成了一个专门讨好他人的软弱之人了；而这种软弱和讨好最终会给诚实正直的善良人带来不必要的麻烦。更不要把美丽的宝石送给伊索寓言中的那只公鸡，因为它更希望得到一把能填饱肚子的麦粒。上帝在创造天地时，就为我们树立了最好的榜样，你看：**"他让阳光照好人，也照坏人，他降雨给善人，也给恶人。"**[①]

但是，财富、荣誉还有德行却没有惠及每一个世俗人的身上。因为，上帝在分派一般的恩惠时没有选择地全部给予，但是那些特殊的恩惠就必须有所选择了。还有一点需要注意，描绘肖像的时候千万不要把原貌给破坏掉，因为上帝是要人们以爱自己的善行作为标准，继而再拿这个标准去爱其他人。

耶稣说："卖掉你所有的财产，把钱捐给穷人，然后来跟随我。"[②]但除非你真要跟耶稣去，或者真的要听从神灵的召唤，把自己微薄的财产像巨富一样散播给天下最需要的贫苦人，那你还是谨慎考虑下是否真的要变卖光自己的所有财产。如果你真的卖光了自己的所有财产，无疑是杀鸡取卵的愚蠢行为。

世间的善性分为两种，另一种是在真理的引导下产生的善性，一种是人天生就有的善性。但是，世间除了善性也有恶性，因为有些人从来就没有为他人造福的愿望，更别说善行了！恶性

---

① 参见《新约·马太福音》第5章第45节。
② 参见《新约·马可福音》第10章第21节。

中较轻的一种趋向于暴躁无常、鲁莽行事和顽固不化等等,但恶性中较重的一种就是拿着嫉妒的利剑去伤害他人。这样的恶人,他们喜欢看到别人的痛苦和不幸,并以此为乐。因而,他们在别人遭遇困境的时候非但不予以帮助,反而在背后落井下石。他们就像一群嗡嗡叫的苍蝇,一旦发现受伤的地方就围了上去,甚至都不如替拉撒路舔疮的那些狗[1]。于是,引诱人们上吊就成了这些"憎恨人类的恶人"的职业。

然而,他们的花园里连一棵让人上吊的树也没有,可见他们连泰门也不如。[2]这种恶性是人性中最为丑恶的部分,但却是位高权重的人的必备素质。他们就好像弯曲的木头一样,造船最好;船是大要颠簸的,但是这种木材却不适于造房屋,房屋是需要笔直稳固的木材。善具有许多要素和特征。

如果一个人对外邦的人谦逊有礼,那么他一定是个四海为家的人。因为长期的漂泊生活已经使他的心与他人紧密地联系在一起,就像一片相连的大陆而不是与世隔绝的孤岛。如果他为别人的苦难牵肠挂肚,这说明他的心就像那种宁可自己受伤也要奉献出香脂的高贵树木。如果他对别人的冒犯能既往不咎,那说明他的心早已超越了伤害,所以他这样的人是很难受到真正的伤害的。如果他对别人的点滴恩惠能够竭力回报的话,那就说明他把人的精神放在钱财之上。最后,至关重要的一点是,

---

[1] 参见《新约·路加福音》第16章第21节。
[2] 泰门公开宣称,他愿意提供一棵树以便那些走投无路的人上吊使用。参见莎士比亚的戏剧《雅典的泰门》。

如果他为了拯救自己身边的人们而像圣保罗那样心甘情愿地被驱逐离开基督,[①]那就说明他就具有了和基督同样的地位,也具有了神性。

---

① 保罗在《新约·罗马书》第9章第3节中说:"为了我的骨肉之亲,我的兄弟,即便与基督分离,自己被诅咒,我也心甘情愿。"

利 己 之 聪 明

> 如果谈论为自己营生，那么蚂蚁可算是一种最为聪明的动物了，但是对于果园里的花木来说，它却是一种有害的生物。

如果谈论为自己营生，那么蚂蚁可算是一种最为聪明的动物了，但是对于果园里的花木来说，它却是一种有害的生物。毫无疑问，过于自私的人对公众也是有害的。因此，人们应该理智地划分私利与公利，并且明确他们的界限，不可以因为对自己有利就要对他人不利，尤其是不可以有负于君王和国家。一般人的行为以自我为中心，这真是不幸的事情。因为那就像地球只是围绕地轴转动，而一切与天体有关的物体则是按照其他物体的中心而运动的，而且对它们围绕的中心是有利的。[1]

一切以自我为中心，这对于帝王君王来说是可以理解的，因为君王不仅代表自身，他们的祸福还与国家公众的安危紧密相连；但对于普通的臣民或公民来说，以自我为中心的一切想法

---

[1] 培根那个时代的人们仍然不相信哥白尼的"日心学说"，而相信托勒密的"地心学说"。另外，参见本书《论叛乱与骚动》一文的关于"地球中心学说"的注释。

或念头都是一种罪恶，因为任何事情经过这种人的手，他们都会使事情趋向他们自己的意图，而他们的意图往往与国家和君王的目标不一致，甚至是截然相反的。因此可见，国家或君王不可以选择这种人作为国家的臣子或公仆，当然只允许他们做一些无足轻重的琐碎小事例外。为自己谋私利的更大危害就是使国家的伦理纲常失去和谐。把臣子的利益放到君王的利益的前面，这就已经是违反纲常了，而为了臣子的小小利益去损害君王的大的利益，这更是罪大恶极的行为。

然而这些正是那些贪官污吏一直想做的；贪污堕落的大臣、库管、使节和将军，没有一个人不是为了自己的私利而偏离纲常，从而破坏了君王的宏图大业。但是，总的说来，这些人所获得的利益或好处通常只与他们的幸运相当，可是他们为了获得那点私利而牺牲的公利，往往与他们的君王所拥有的财富成正比了。以烧毁公家的房屋代价来烤熟自己家里的鸡蛋，这正好就是极端利己者的本来面目；然而这类人往往却得到主人的欣赏和信任，因为他们的全部想法都用在如何讨好主人上面，怎样替自己搞到好处。在这种动机的支配下，为了任何一点好处他们都可以置主人的利益于不顾。

为了利己而玩弄自己的小聪明，其实说到底是一种卑污的聪明。它只是一种老鼠的聪明，因房屋快要倒塌的时候，老鼠肯定先逃出来；它只是一种狐狸的聪明，因为狐狸挖掘洞穴，为的就是自己独自占有；它只是一种鳄鱼的聪明，因为鳄鱼饿了想吃东西的时候，都是先会流出眼泪的。然而，值得一提的是，那些只爱自己而不爱其他任何人的人，就像西塞罗笔下的庞培，到头来的命运都非常可叹可悲；尽管他们总是以牺牲他人来为自己服务，并自己觉得已经用了聪明，因而可以把握命运的方向，但是最终他们也无法摆脱无常命运的戏弄。

貌 似 聪 明

> 有人只有虔诚的外表,但是却没有虔诚的内心。

人们有一种习以为常的看法,认为西班牙人看上去比实际上要聪明得多,而法国人实际上比看上去要聪明得多。但是,暂且不讨论民族之间的这种差异到底有多大,单就我们个体之间相比较的话,这种差异确实是普遍存在的。这就像圣保罗说的那样:**"有人只有虔诚的外表,但是却没有虔诚的内心。"**[①] 所以,从智慧和能力的角度来看,世界上一定存在一些虽然不会做事、很少做事或者"很吃力地做点小事[②]"的聪明能干的人。

如果能看穿这种内外不统一的人使用何种伎俩来使得他们以实掩虚,以深饰浅并且以大盖小,那么智慧的人就觉得他们十分滑稽可笑,并且认为值得用一篇讽刺性的文章去描述他们。他们中有一些人隐藏得很深,以至他们的底牌只能在暗中显示,

---

① 参见《新约·提摩太后书》第3章第5节。
② 参见古罗马喜剧作家泰伦提乌斯(Terentius,约前190—前159)的喜剧《自责者》第3幕第5场第8行。

并且总是保留最后的一张关键底牌。这些人尽管自己心里清楚他们并不通晓他们所说的，但是表面上他们却装出一副什么都懂的样子。有些人看上去非常聪明，那是因为他们懂得如何借助于表情和手势，他们就像西塞罗所描写的庇索①："你答复说反对虐待的时候，你的一道眉毛降到了腮帮，另一道眉毛却扬到了额顶。"有些人天真地认为，只要凭借蛮横武断和吹牛说大话就可以获得聪明；进而他们又武断地认为，只要自己被允许，那么他们是可以担任原本没有能力担任的职务。

有些人明知道自己对眼前的事物一无所知，但是却装出一副不屑一顾或者嗤之以鼻的样子，借此来掩饰他们的无知而显示他们的颇有见识。有些人虽然与常人有着不同的见识，但是他总是用诡辩的方式玩弄周围的人，以此来回避所谈论的主题；杰利乌斯曾经将这种人称之为"为卖弄模糊不清的华丽辞藻而耽误重要事情的蠢人"②；柏拉图也在其对话《普罗塔哥拉篇》中让那位诡辩家发表了一篇观点和见解完全与众不同的演说，借此嘲讽这类人的代表普罗蒂库斯③。一般说来，在审议一切提案时这种人都倾向于持否定的态度，并且企图从这种预言将有很大困难和强烈的反对姿态中获取自己的声望。如果提案没

---

① 指恺撒的岳父鲁基乌斯·庇索（Lucius Piso），公元前58年出任执政官的时候，曾经与保民官克劳狄乌斯一起控告西塞罗的违法行为，最后使得西塞罗流亡于马其顿、希腊等地。公元前57—前55年庇索任马其顿总督，卸任后回到罗马，在元老院遭到了西塞罗的当面弹劾，下文的引言就是西塞罗的面劾之词。
② 这句话出自古罗马修辞学家昆提利安（Quintilian，约35—95）的《雄辩术教程》（Institutio oratoria，又译《演说术原理》）；而不是出自古罗马作家杰利乌斯（Gellius，约123—165）的手笔。
③ 普罗蒂库斯（Prodicus）和普罗塔哥拉（Protagoras）都是公元前5世纪末至公元前4世纪初的希腊智者学派的哲学家，他们是柏拉图一生的主要政敌，柏拉图称该学派为诡辩派。

有通过的话,他们则欢呼不已;如果提案被通过的话,他们就开始新一轮的谋划工作。像这样的欺世盗名之徒,对于一个国家来说,都是一种潜在的祸害。总而言之,就像商人为了偿还债务、阔佬为了保住自己的富有盛名一样,这些没有真才实学的人总是拼命地维护所谓的精明能干的名声。不过,就为了维护名声而玩弄手段和计谋来说,商人和阔佬简直不能与他们相比。那些看起来很聪明的人,千万不要让他们担任要职,尽管他们凭借其手段而获得了良好的声誉;与此相反,即便任用那些稍显愚笨的人,也比任用这些徒有其表的人要好得多。

求 情 说 项

> 如果不知道所求事情的价值,是头脑简单的表现;而不知道所求事情是否正当,则是没有良知的表现。

有许多不正当的事由总是有人答应承办,[1]由此可见,私下里找关系请托是一件多么有损公益的事情。

有许多正当的请求,却总是被贪官污吏接收转呈。我这里所说的贪官污吏不仅仅指腐败贪污的人,还指那些狡诈圆滑的人,这种人总是想揽事但却没有诚意去办事。有些人答应替人转呈请求的时候,其实并没有尽心尽力;但是随着事情的进展,当他发现该种请求由于他人的说情很有希望实现的时候,他又想得到请托人的酬劳,或者是得到部分好处,或者在请托人的希望实现之前对此加以利用。有些人答应代转请求,无非是怀有

---

[1] 在培根生活的那个时代,拜托有权势的人向朝廷甚至直接向君王提出请求,并代替请求者说项(为了谋求某块领地、某个职位或某种特许等)是一件正常的事情,只要请求者提出的要求不是很过分,比如培根本人就曾经央求伊丽莎白女王的宠臣埃塞克斯伯爵和身居高位的姨父塞西尔勋爵帮助他向女王求官。在其他方面拜托人说情的现象也很普遍,甚至连法官也总是收到中间人转交的请求人的礼物。培根于1621年失去大法官的职位,就是因为他的政敌发现了他贪赃枉法的证据。

个人的目的或企图。他要么想趁此机会接触某人，要么去打听什么消息，因为他找不到除受托之外的其他更好理由；等到他的目的实现以后，他便不会关心那项请求的成败。总而言之，这种人实际上就是利用他人的所托之事来实现自己的个人目的。更让人难以接受的是，有些人接受人家的委托，其实就是想把所托之事搞砸，借此机会来讨好请托人的竞争对手或仇敌。

毫无疑问，一项请求的接受对于受托人来说，无形当中获得了一种权力。如果请求者想通过受托人的关系而赢得某场官司，那么主持公道的权力就非受托人莫属了。如果请求人想通过打点关系而获得某个竞争职位，那么评价鉴别的权力自然就落到了受托人的手中。假如受托人在前例中更加偏向无理的一方，那他最好还是在私下解决纠纷，而不让双方对簿公堂；假如受托人在后例中偏向才智较为逊色的某人，那他在决定谁担任这个竞争职位的时候，最好不要诋毁更有资格的竞争者，从而阻碍他人的发展。

如果对别人所托的事由不是很清楚，那最好去询问某位对该事熟知的朋友，他会告诉你接受此事的利害关系；不过千万要谨慎地选择咨询人，避免被人家的观点所左右。请托人一般对受托人的敷衍态度最为不满，所以坦诚待人是最好的策略；要么一开始就直接拒绝委托，要么就应该及时告诉请求人所托事情的进展状况，而且事成之后也不要索取额外的报酬。这样的坦诚不仅是一种体面，更是一种礼貌。如果有人来托情谋求一项特别权力[1]，而受托人认为请求人是不应该得到这种权力的，在这种情况下他必须考虑请求人对他的信任，并且如果不能实现请求人愿望的话，他不应该利用这个情报，而是应该让请求者自寻他路，这也算是对人家信任的一种回报。如果不知道所求事情的价值，是头脑简单的表现；而不知道所求事情是否正当，则是没有良知的表现。在说项的过程中，如果能够保守秘密的话，其成功的可能性将极大提高。因为如果大张旗鼓地宣扬，可能会使得其他的说项人退出竞争，但是也有可能导致另外一些人采取紧急措施，甚至更有可能招致新的竞争对手。

不过，把握良机是说项成功的关键，它不仅要顾及有权批准请求的重要人物，还要防备那些有可能出面干扰的角色。请求者在选择介入的时候，可以不考虑选择权位较高的人，而去选择更适合请求事项的人；可以不考虑选择统筹全局的最高管理者，而去选择具体事务的分管者。如果在第一次说项时遭到了拒绝，既不要灰心丧气，也不要怨天尤人；因为等到第二次提出同样请求事项的时候，获得批准的可能性将会很大。

对于那些特别受到宠爱的人来说，想要得寸，先要进尺，这是一条非常适合的原则。但是对于情况相反的人来说，他如果想要一尺的话，最好先只求一寸。因为施恩的人宁可失去第一次来向他讨要请求的人，也不愿意失去已经获得过他恩准的说情

---

[1] 这种特许包括获得到海外经营某个殖民地的权利，或者获得被处决的阴谋分子的地产，伊丽莎白女王甚至经常把某种商品的专卖权或者某种进口商品关税的包收权作为特许赏赐给下面的大臣。

人以及之前已经给予的恩惠。一般人认为请求大人物写一封推荐信只是小事一桩，但是他们却不知道如果推荐理由不充分的话，将是对他名誉的巨大损害。专门以求情说项为职业的人是最为可恶的一类人，因为他们妨害国家的秩序，正如病菌和毒药侵害人的身体一样。

完全不拘礼节其实就是教别人怠慢自己，或者是说让别人不必尊重自己。

荣誉和名声

> 一个人如果做事情的时候不善于珍惜和维护自己的名声,那么成功带给他的新增荣誉将远远不及失败带给他的名誉损失。

如果个人的美德和价值没有遭到毁坏的话,那么这个人获得荣誉是一件理所当然的事情。有些人毕生的所作所为就是为了追名逐誉,结果虽然他们的名字时常被人提起,但是真正崇敬他们的人少之又少。另外,有些人总是对自己的美德遮遮掩掩,导致舆论低估了他们的自身价值。

如果有人能够做成一件他人从未尝试过,或者尝试过但从未成功,或者成功了但却不是很圆满的事情,那与一件虽然更为艰巨但是已经有人顺利完成的事情相比,前者应当获得比后者更高的荣誉。

如果有人做事很中庸,且他的中庸之举使得各个党派、政派、教派、学派都无可挑剔的话,那么从他那里唱出的赞歌一定会更加动听。**一个人如果做事情的时候不善于珍惜和维护自己的名声,那么成功带给他的新增荣誉将远远不及失败带给他的名**

誉损失。由于战胜他人而获得的荣誉，就像打磨过的钻石一样，可谓光彩夺目。所以，要想获得高度的荣誉，最好的办法就是力争战胜有声望的竞争对手；如果可能的话，最好能在他们所擅长的方面战胜过他们。

言行谨慎的门客和仆人可以最大限度地帮助主人赢得良好的名声[1]，毕竟"主人的名声出自仆人之口"[2]。嫉妒向来与荣誉不能相容，所以必须消除来自他人的嫉妒之心，最好的方法就是明确表明自己追求的不是名望而是功绩，并把自己所取得的成就归功于上帝和命运的安排，而不是自己的聪明才智所致。

对于帝王君主或最高统治者来说，他们的荣誉可以划分为五个等级。第一等荣誉应该属于那些国家政权的创立者，诸如罗穆卢斯[3]、居鲁士大帝[4]、恺撒大帝[5]、奥斯曼一世[6]和伊思迈尔一世[7]。第二等荣誉应该属于那些立法者，由于他们创立的法典在他们死后继续治理国家，因而他们被称为第二奠基人或"万世之君"。

---

[1] 英国有句谚语说："在仆人的眼中是没有英雄的。"（No man is a hero to his valet.）
[2] 参见西塞罗《执政官竞选手记》第5章。
[3] 罗穆卢斯是古罗马王政时代的第一代国王、罗马城的创建者。
[4] 居鲁士大帝是波斯阿契美尼德王朝的第一任君王（在位期：前549—前530）。
[5] 恺撒大帝是罗马共和国和罗马帝国的过渡者（当政期：前49—前44）。
[6] 奥斯曼一世是奥斯曼帝国的创建者（在位期：1281—1326）。
[7] 伊思迈尔一世是伊朗萨非王朝的缔造者（在位期：1502—1524）。

像这样的统治者有莱克格斯①、梭伦②、查士丁尼一世③、埃德加④和编纂并颁行《七法全书》的阿方索十世⑤。第三等荣誉应该属于那些拯救国家于水深火热之中的人，他们要么拯救国家逃离异族或暴君的奴役，要么结束长期的国内战乱，使得人民安定下来。像这样的雄主有奥古斯都⑥、韦斯帕芗⑦、奥勒良⑧、狄奥多里克⑨、英王亨利七世⑩和法王亨利四世⑪。第四等荣誉应该属于那些保卫或者拓展国家的人，他们要么在激烈的战争中击退了敌人的来犯，要么在体面的战争中扩展了自己国家的领土。第五等荣誉应该属于那些善于治理国家、构建和谐盛世的君王。这后两类君王的例子太多，就不一一列举了。

对于大臣们来说，他们的荣誉可分划分为四个等级。第一等荣

---

① 莱克格斯（Lycurgus，又译来库古），大约生活在公元前9世纪—前8世纪，据说他是古斯巴达的立法者。
② 梭伦是古雅典的政治家，公元前594年担任首席执政官，主持修改了宪法，制定新的法典，史称"梭伦立法"。
③ 查士丁尼一世是拜占庭帝国的皇帝（在位期：527—565），曾经主持编纂了《查士丁尼法典》。
④ 埃德加是古英格兰撒克逊系第12代王（在位期：959—975），同时他也是英格兰第一位立法者。
⑤ 阿方索十世是西班牙卡斯蒂利亚及莱昂王国的国王（在位期：1252—1284）。
⑥ 奥古斯都就是屋大维，结束了恺撒死后群雄互相争战的局面，使得分裂的罗马重新得到统一。
⑦ 韦斯帕芗结束了尼禄死后罗马帝国内部的混战局面。
⑧ 奥勒良（Aurelianus，在位期：270—275）结束了罗马塞维鲁王朝覆灭后"三十僭主"时期的内乱，并且还打败了外来民族的入侵，恢复了罗马帝国的统一，最终他获得了"世界光复者"的称号。
⑨ 狄奥多里克（Theodoricus）在495年打败了统治意大利的鄂多亚克（Odaocer），并建立了东哥特王国，其管理制度多采用罗马旧制。
⑩ 英王亨利七世在1485年结束了"玫瑰战争"，这场战争历时30年，其后他便开始了都铎王朝的统治。
⑪ 法王亨利四世结束"胡格诺战争"后，在1598年颁布了《南特敕令》，宣布天主教为国教，同时保证胡格诺教徒享有信教自由的权利，在欧洲开创了宗教宽容的先例。

誉应该属于那些能替君王分担重大任务的臣子,即分忧之臣,也是后人们津津乐道的良相能臣。第二等荣誉应该属于能帮助君王征战并建立宏大伟业的将才,即统兵之臣。第三等荣誉应该属于那些能替君王排解忧虑并不祸国殃民的内臣,即心腹之臣。第四等荣誉应该属于那些身居高位、忠心耿耿并勤于事务的能臣,即称职之臣。此外,还有一个最高级别的荣誉,这样的殊荣只属于那些为国捐躯的忠臣,比如雷古卢斯[1]和德西乌斯父子[2]。

---

[1] 雷古卢斯(Marcus Atilius Regulus,?—约前249),古罗马的将军,公元前255年在第一次布匿战争中被迦太基人抓获,后来随迦太基使团去罗马商议求和,趁着这次机会他大力说服元老院继续发动对迦太基的战争,然后遵守承诺,返回迦太基,后来被杀。
[2] 德西乌斯父子同名(Publius Decius),均担任过古罗马执政官并都在萨莫奈战争中为国捐躯。公元前340年,父亲死于坎巴尼亚战役;公元前295年,儿子阵亡于森提努姆战役。维吉尔在他的著作《埃涅阿斯记》第6卷第824行中谈到了这对父子。

远 游

> 远游对于年少的人来说，无疑是教育的一部分，对于年长的人来说则是经验的一部分。

远游对于年少的人来说，无疑是教育的一部分，对于年长的人来说则是经验的一部分。没有学习过某个国家的语言而直接去这个国家，与其说是去那里游玩，倒不如说是去那里求学。我很赞成年少的人应当跟随导师或者带着可靠的从者去游历，只要那导师或者从者懂得所去的国家的语言，并且曾经到过那里就是了。因为如此，他就可以告诉那同去的年少的人在所去的那个国家里什么地方应当去看看，什么人应该去结识，并且有什么样的阅历训练可以收获。如果不是这样，年少的人去到国外就像雾里看花一样，尽管作客他乡，但是所获得的见闻是很少的。

远游的人有一个奇怪的习惯，当他们在海上航行的时候，除了天和海之外，没有什么可以看的，于是他们往往会写日记，但当他们在陆地上旅行的时候，有许多景象可以观察欣赏的时候，他们却往往懒得动笔，好像刻意的观察没有偶然的所见更值得去认真动笔记载。所以，我们必须养成写日记的习惯。

远游的人如果遇到该国的君王们接见各国使节的时候，应当观察这个国家的皇家宫廷；如果遇到法官开庭审案的时候，应当观察这个国家的讼庭法院；还应当观察各种教堂寺院以及其中的历史古迹；观察各个教派举行的宗教会议；观察码头和海港、遗迹和废墟；观察各城镇的墙垣及堡垒要塞；观察都市近郊壮美的建筑和花园；观察书楼和学校以及幸运遇到的答辩和演讲；观察马术、击剑、兵训及诸如此类的操演；观察当地上流人士趋之若鹜的戏剧；观察珠宝服饰和各类珍奇标本；观察这个国家的航运船队和军舰；观察军械库、大仓房、交易所和基金会。一句话，应该观察一切值得去看的风景名胜和当地的风俗民情，随行的导师或者贴身侍从会引导你去那些该去的地方。

至于化装舞会、庆祝大典、婚事葬礼以及行刑等热闹的场面，游玩者不必过分在意，但也不应该故意躲避。如果要让一名年纪较小的人在短时间内游历完一个小国家并且要求他收获很多，那么他必须做到以下几点：首先，就像上文所提到的，在动身之前他必须了解所去国家的语言；其次，他身边还得有一位熟悉这个国家的私人导师或随从；最后，他必须随身携带一些关于该国的书籍或地图，以便随时查阅来解决心中的疑惑；他还要养成写日记的习惯，坚持每天写日记；没有必要在一个城镇长久居住，时间的长短可视具体情况而定，但是不要停留太久；不仅在一个地方居住的时间不宜过长，而且要在那个地方不断地变换住处，这样可以认识更多的人；他尽量不要与本国的同胞交往，应该在可以结交当地人的地方用餐；从一个地方迁往另一个地方时，他必须获得来自另一个地方的上层人物的推荐信，这样的话可以在适当的时候获得他的帮助，比如想结识一下当地的某些特殊人物或了解重要事情等。如果他可以做到这几点，那么就能在很短的时间内收获很多东西。

至于在旅行中应当与什么样的人相识，我觉得各国使节的秘书雇员之类的人是最值得结交的，这样你就可以在一个国家内获得多个国家的旅行经验。

游玩者也应该去拜访一下当地的名人，这样可以检验他们是否与自己的名声相符。旅行中说话一定要谨慎，防止不必要的争吵，要知道争吵的原因大多是为情人、饮酒、座位或说话冒失。游玩者与脾气暴躁且容易争吵的人一起旅行时一定要格外小心，因为后者极有可能把随行者也牵涉进他自己的争吵中。

远游的人回到自己的国家后，不要忘记与那些曾经结识的朋友保持联系，时刻在脑中回忆着经历过的那些国家。另外，仅仅让远游者穿着或者举止体现出其远游的经历，还不如直接在谈话中得到体现。但是在与别人的交谈中，关于自己的游玩经历要谨慎问答，不要只顾津津乐道。**他还须注意一点，不要由于学习了国外的一些东西就改变或者放弃本国的某些风俗习惯，而应该把在国外学到的精华部分与本国的很好地结合起来。**

三
一切事物都转瞬即逝

真　理

真理是一种没有遮拦的日光。

善于戏谑的彼拉多曾问："真理是什么呢？"①问了之后并不肯等候回答。世界上的确有些人喜欢把意见变来变去，并且认为固定了一种信仰就等于上了一套枷锁，因此他们在思想和行为上也要求意志自由。虽然这一流的各派哲学家已经成为过去，②然而天下仍有些爱夸夸其谈的才子和他们同声同气——虽然这般人比起古人来血气薄弱一点。但是人们喜欢假象的原因，不仅是人们找寻真理时的艰难困苦，亦不是找寻到了真理之后真理所加于人们思想的约束，而是一种虽然说是恶劣的，但对于假象本身的天生的喜好。

希腊晚期哲学学派中有人③曾研究过这个问题，他不懂得假象之中有什么东西会使人们喜爱假象本身，因为假象既不像诗人一般可以从中获取乐趣，引人入胜；也不能像商人那样可以从

---

① 参见《新约·约翰福音》第18章第37~38节，耶稣在接受审判的时候，说他为了证明真理才来到人世间，于是罗马驻犹太和撒马利亚地区的总督彼拉多问："真理是什么呢？"
② 这里是指源于皮浪（Pyrrhon，前360—前272）的古希腊怀疑论等学派。
③ 希腊讽刺作家卢奇安（Lucian，120—180）曾经在他的《爱假论》中批判怀疑论者。

中捞得利润，享用利益；爱好假象的人之所以爱假仅仅是为了假象本身的缘故。但是我不能随意地下结论，因为上述的真理可以说是一种没有遮拦的日光，如果要使得世间的种种假面舞会、化装演出和胜利庆典的气氛更加高贵典雅，这种光线远远不及灯烛的光线。在人们的眼里，真理或许很可贵，就像在光天化日下最灿烂夺目的珍珠，但是它绝对够不上那种在各种不同的光线下显得最美最炫的钻石和红宝石。

人们喜欢错觉假象的混合物带给他们的欢乐。如果虚无的印象、迷人的憧憬、失当的评价、天马行空般的想象以及与这些相类似的东西从人们的头脑中移除的话，那么恐怕大多数人都只会剩下一个呆板而无趣的大脑，漂于头脑中的也只有抑郁不安和自怨自艾，甚至连自己看起来也讨厌。对于这一点会有人怀疑吗？早期的一位先人曾经很严厉地把诗叫作"魔鬼的酒浆"[1]，因为诗歌能占据人的想象，然而诗歌不过是带有假象的影子罢了。大概有害的不是那从心中经过的迅速闪现的错觉，而是上文所说的那种沉入心底并在心中永存不可抹去的假象。但是即便这些假象深深地根植于人们堕落的观念与情感之中，只接受自身评判的真理依然教导我们探究真理，认识真理并相信真理。

探究真理，要求我们要像求爱求婚那样对真理执着；认识真

---

[1] 圣哲罗姆（St Jerome, 347—420）曾经说过"诗是魔鬼的珍馐佳肴"，圣奥古斯丁（St Augustine, 354—430）则说："诗是谬误的琼浆玉液。"于是培根将二者的说法合一，这也是有他自己的道理的。

理，要求我们要和真理不离不弃，形影相随；而相信真理，则要我们去享受找寻到真理的乐趣，这些是人类天性中最高的美德。

在上帝创造宇宙的那几日中，感觉的光明是他创造的第一件东西，理智的光明是他创造的最后一件东西[①]；从那以后一直到现在，在工作完毕而休息的期间内，他的作为全是以他的生灵昭示世人。起初他在万物或混沌的表面上吹吐光明；然后他又向人的面目中吹入光明；到如今他还往他的选民[②]的面庞注入灵光。那个曾经为伊壁鸠鲁学派增光，从而使这个学派不逊于其他学派的诗人[③]说得很好："站在岸上看船舶在海上颠簸是一件乐事；站在一座城堡的窗前看下面的战争和它的种种经过是一件乐事；但是没有一件乐事能与站在真理的高峰（一座高出一切的山陵，在那里的空气永远是澄清而宁静的）目视下面空谷中的错误与彷徨、迷雾和风雨相比拟的。"只要看的人对这种光景永存恻隐而不要自满，那么以上的话可算是说得好极了。**当然，一个人的心如果能以仁爱为动机，以天意为归宿，并且以真理为地轴而旋转，那么这人的生活可真是地上的天堂了。**

从教义和哲学中的真理再说到世俗交往中的真理，即使那些行为并不坦白正直的人也会承认行为光明磊落是人性的光荣，而混淆真假则就像往金银币里掺和金子，也许可以使那金银用起

[①] 参见《旧约·创世记》第1章第3节和第2章第7节。
[②] 上帝的选民一般是指以色列人，后来指那些信仰上帝的世俗凡人。
[③] 古罗马哲学家、诗人卢克莱修在他的长诗《物性论》中用形象生动的语言描述了伊壁鸠鲁学说中的抽象哲学概念。下文也是引自《物性论》第2卷。

来方便一点，但是把它们的品质却弄贱了。因为这些曲曲折折的行为可说是蛇走路的方法，蛇是不用脚而是很卑贱地用肚子走路的。表里不一、背信弃义差不多算是最令人不齿的行为了。所以，蒙田在他研究为什么撒谎是说谎人的一种耻辱和可恨之极的罪责时，很形象地说道："仔细考虑起来，要是说某人说谎就等于说他对上帝很大胆，对世人很怯懦。因为谎言是直面上帝而躲避着世人的[1]。"曾经有个预言，说基督重临的时候，他将在地上找不到忠信[2]。所以谎言可说是请上帝来裁判人类全体的最后钟声。对于虚假和背信的罪恶，再没有比这个说法揭露得更高明了。

---

[1] 参见《蒙田随笔》卷二第18篇《论说谎》。
[2] 参见《新约·路加福音》第18章第8节。

预　言

我认为对于这样的预言应该一笑了之，它们好比冬天人们围着炉火聚会的话题；一笑了之是就信与不信而说的，别无其他。

我在这里谈论的不是异教徒的偈语，更不是神灵的启示，也不是自然界的某些预兆，而只是留存在人们的记忆中已经应验，但是却丝毫不晓得其中缘由的预言。正如女巫曾经对扫罗说的那样："明天你和你的子女们将和我同在。"[①]维吉尔在荷马那里借用了下面的诗句：所有的国土将被埃涅阿斯的族人统治，他儿子的儿子，一直到后世的子子孙孙。[②]这简短的两行诗句，似乎暗含着罗马帝国的兴起。[③]悲剧诗人塞内加曾经写过这样的诗句：

　　在遥远的将来会有那么一天，

---

① 　根据《旧约·撒母耳记上》第28章记载，这个预言实际上是女巫招来的已故希伯来先知撒母耳所说，后来应验为在与非利士人争战时，扫罗受伤自杀，同时他的三个儿子也阵亡。
② 　参见维吉尔《埃涅阿斯记》第3卷第97~98行，荷马的原诗是："埃涅阿斯的力量将统治特洛伊人，直到他儿子的儿子，后世的子子孙孙。"（《伊利亚特》第20卷第307~308行）
③ 　传说英雄埃涅阿斯带领战败的特洛伊人去海外寻找新的国土，最后在意大利建立了罗马。

> 大海将解开束缚世界的锁链，
> 一片广阔的陆地将为人所知，
> 另一位忒菲斯将发现新世界，
> 极地图勒将不再是地角天边。①

短短几句诗歌，字里行间似乎预示着美洲大陆的发现。波吕克拉特的女儿曾经梦到阿波罗替她父亲涂油，朱庇特替她父亲沐浴，结果她的父亲果然被钉死在十字架上，有太阳晒得他汗流浃背，有大雨浇淋他的身子。②马其顿国王腓力二世曾经梦见他封锁了妻子的腹腔，于是他认为自己的妻子可能不会生育，但是预言家亚里斯坦德却说他的妻子其实已经怀有身孕，因为人们一般情况下不会封闭空无一物的器皿。③一个出现在布鲁图帐中的鬼魂对他说："你和我将会在腓力比见面。"④提比略曾经对伽尔巴说："在将来的某一天，你也会品尝到作为皇帝的味道。"⑤在韦斯帕芗时代，东方就有一个预言四下里流传，说是世界将由从犹太地来的人统治。虽然人们都认为这个预言说的

---

① 参见塞内加的悲剧《美狄亚》第2幕第374~378行。诗中的忒菲斯（Tiphys）是希腊神话中的阿耳戈船英雄之一，英雄们寻觅金羊毛的时候就是由他引航的。极地图勒（Ultima Thule）是古代地理学家对冰岛、挪威等地的称呼，泛指北极地区。
② 参见希罗多德的《历史》第3卷第124~125节。波吕克拉特（Polycrates）是公元前6世纪萨摩斯岛的统治者，由于在爱琴海上进行可耻的海盗活动而为人所铭记，臭名远扬，公元前522年被波斯帝国驻吕底亚总督奥瑞忒斯（Oroetes）抓获，最后被钉于十字架上而死。
③ 参见普鲁塔克《列传·亚历山大篇》。这个梦验证了腓力二世的妻子生下后来的亚历山大大帝。
④ 参见普鲁塔克《列传·布鲁图篇》。鬼魂的言语应验在腓力比战役中，布鲁图败于屋大维、安东尼联军，最后自杀身亡。
⑤ 参见苏维托尼乌斯《伽尔巴传》，但是文中的引用实际上是奥古斯都所说。《伽尔巴传》第4章第1节说："众所周知，当小伽尔巴和一群孩子向奥古斯都请安的时候，奥古斯都都捏了一下他的脸蛋说：'孩子，在将来的某一天，你也会品尝到作为皇帝的味道。'而提比略知道这个预言后只是说：'好哇，让他活到那一天吧，那个时候我们与他已经互不相干。'"

就是我们的耶稣基督,但是塔西佗解释说是指韦斯帕芗。[1]图密善在被刺的前一晚上做了一个奇怪的梦,他梦见一颗金头颅长在自己的颈背上,后来在他的后继者们的努力下,罗马帝国果然出现了持续多年的"黄金时代"。[2]英王亨利六世曾经指着为他端送茶水的少年伯爵,对身旁的人说:"这小伙子将来会拥有我们现在所争夺的这顶王冠。"后来,那个少年果真当上了英国的国王,他便是亨利七世。[3]

我在法国的时候,曾经遇到一位名叫佩纳的医生,他说对占星术深信不疑的法国王太后,曾经通过拟定假名让占星术士帮她的丈夫算命。最后术士预言,她的丈夫将会死于一场决斗。当时王太后听了大笑,心想谁敢向国王挑战决斗啊。但是后来她的丈夫确实死于一次马上的比武较量,由于他的对手卫队长蒙哥马利的矛杆裂片不小心刺入了他的护面具而导致他当场身亡[4]。我本人年幼的时候,那时伊丽莎白女王还很年轻,就曾听说过一个流传已久的预言:

大麻一旦被纺,英格兰就灭亡。

---

[1] 参见苏维托尼乌斯《韦斯帕芗传》第4章第5节和塔西佗《历史》第5卷第13章。当时韦斯帕芗正在东方带兵镇压耶路撒冷的犹太人起义。
[2] 参见苏维托尼乌斯《图密善传》第23章第2节。"黄金时代"指96—192年罗马帝国的"太平盛世",那个时期由安敦尼王朝统治。
[3] 参见英国史学家霍林希德的《英格兰、苏格兰、爱尔兰编年史》,莎士比亚曾经从这本书中取材写成三联剧《亨利六世》,培根所列举的事也可以参见莎翁的《亨利六世下篇》第4幕第6场第68~70行。
[4] 法王亨利二世由于比武受伤,于1559年不治身亡。

当时的人们通常认为，这是在预言都铎王朝的历代统治结束以后，①英格兰就要陷入内乱纷争的境地；不过真的必须感谢上帝，这个预言最后只是应验在了称号的变更上，这是因为当今的国王的称号是不列颠国王，而不是英格兰国王。②在1588年以前，曾经有一则民谣广泛流传，直到今天我依然不明白其中的含义。民谣说：

> 有朝一日你将看见，
> 在巴岛与梅岛之间，
> 挪威黑舰队的舰船。
> 等黑舰队一朝覆亡，
> 英格兰将修屋造房，
> 因从此再不会打仗。

人们一度认为这是在预示1588年来侵犯的西班牙舰队③，因为据说挪威就是那位西班牙国王的小名。另外雷乔蒙塔努斯④那句"88年将会是一个奇迹年"，也同样被认为是西班牙大舰队远征的前兆；因为这个舰队虽然数量不是有史以来最多的，但是力

---

① 将都铎王朝的Henry Ⅶ（亨利七世）、Edward Ⅵ（爱德华六世）、Mary Ⅰ（玛丽一世）、Philip Ⅱ（玛丽一世的丈夫、西班牙国王腓力二世）和Elizabeth Ⅰ（伊丽莎白一世）名字的第一个字母连在一起即为Hempe（大麻）。
② 虽然詹姆斯一世自称不列颠国王，但是当时的英格兰与苏格兰并没有真正合并。
③ 西班牙的无敌舰队在1588年5月远征英国，在英吉利海峡遭到了英国海军的阻击，损失十分严重，剩余的舰船被迫绕着苏格兰返回，路上有可能穿过巴（斯）岛和梅岛之间（在弗斯湾）。
④ 雷乔蒙塔努斯（Regiomentanus，1436—1476，原名Johann Müller），德国天文学家、数学家，著有《预言》一书，在1472年他就观测到了被后世命名为"哈雷"的那颗彗星。

量却是最强的，是海面上出现的最强大的舰队。至于克里昂的那个梦，我认为仅仅是一种调侃，调侃的人说克里昂梦见他被一条长龙吞噬，而惹他极度烦恼的腊肠贩子就是他梦中的的那条长龙。[①]如果把占星术士的偈语和人的梦兆都给算上的话，那么像这样的预言真是不计其数，我只是记录上述中比较有说服力的作为例子。

我认为对于这样的预言应该一笑了之，它们好比冬天人们围着炉火聚会的话题；一笑了之是就信与不信而说的，别无其他。像对这类预言的散布和流传，我们就不能不去控制和限制，而且我在法国就看到过很多国家的法律都对此严加禁止。人们往往接受预言并相信它，其主要原因有三个。其一是人们总是注意到预言的应验，而却忽视它们的落空，对于梦兆的注意也是这个样子。其二是意义含混的传说或者有充分依据的推测，传来传去，最后都会成为预言。这是由于人天性就喜欢预测未来，他们认为把自己的推测作为预言而传播，这并没有什么妨害，这就像前文中引用的塞内加的诗句那样的；在大西洋以外的地球，还存在有广大的区域，这一点已经被当年的理论证明[②]，并且这片广大的区域不一定是汪洋大海；另外，柏拉图曾经在他的对话《克利托篇》和《蒂默亚篇》中对大西岛[③]进行描

---

① 希腊喜剧诗人阿里斯托芬曾经写作《骑士》一剧，对雅典统帅克里昂（Cleon，?—前422）进行了辛辣的讽刺。该剧把克里昂写成一个家奴，而他的顶头上司却是一位制作腊肠的小商贩。
② 比如古希腊地理学家埃拉托色尼（Erastothenes，前275—前195）的《地理学》就对这个问题有较为深入的论述。
③ 大西岛（Atlantis，又译亚特兰蒂斯）是古代传说中的一个岛屿，相传位于大西洋直布罗陀海峡以西，后来随着时间的推移就慢慢沉没了。柏拉图在他的两篇对话中详细描述了该岛上的文明状况，因此"大西岛"又被看作"乌托邦"的同义词。

述，这无形当中鼓励了人们将推测变为一种预言。最后是第三个原因，也是最重要的一个。那些不计其数的预言几乎都是虚假的，它们不过是由一些闲来无事的人在事情发生之后，通过精心的编造而得出的谎言。

革　新

> 我们访问古道，站在路上察看，找出哪条
> 是善道，然后沿着这条道路走下去。

毫无疑问，新事物是经过时间长期孕育的产儿。正如动物在刚刚出生的时候，它们的外貌都非常丑陋一样，新生的事物在刚刚出现时也不是很出众的。但是尽管如此，就像最初让大家族获得荣誉的人比后世维护和保持这个荣誉的人更值得尊敬一样，开天辟地的创始者的事例，并不是后世之人所能效仿和借鉴的。因为对于那些偏离正道的人性来说，作恶的行为就像一个落体运动，速度随着下落越来越大，力量也是越来越大；而善的行为就像是一个抛物体的运动，只有刚开始抛出的那股力量最大。

时间是一切事物的最伟大创造者，正因为如此，虽然每一种新药的产生都是一项创新，但是不愿意使用新药的人却不得不面对新的疾病。如果时间遵守它自身的规律使得事物慢慢地衰败，而人的智慧和灵性又不能使那些事物更新，那么最后的结果将会是个什么样子呢？

我们都明确地承认这一点，即通过习惯形成的例子虽然不可避免地带有缺陷，但也是符合那个时代和人事的，而且长期积累下来的许多规矩和习俗互为补充，相辅相成。但是，新生的事物与这些老规矩、老习俗不能有效地融合在一起，尽管新生事物由于自身的效用而有助于人们，但是也会由于它们与旧事物的格格不入而使人们感到不适，甚至引起比较大的麻烦。

还有一点，新事物就像是从远方来的客人一样，由于不是长时间的接触，使得人们对它敬而远之。不过，假如流逝的时间真的停滞不前，那么对旧的习俗和规矩的执着和保守也会像开创新风一样引起不小的动荡；同时由于这种动荡，使得那些固执的保守者们成为新时代的笑柄。因此可以从中看出，人们要是创新的话，还是得遵循时间的轨迹，依照时间的进程来进行改革虽然算不上什么大的创造，但是可以避免明显的动荡，甚至人们都察觉不出来。

如果不是那样的话，一切改革创新都会让人感到非常意外，在改良社会的同时，也有不良的影响存在；从改革中获得利益的人虽然认为这是幸运的事情并把它归功于时代的发展，但是受到不良影响的人却会认为这是罪大恶极的事情并把它归咎于倡导改革的人。

最为重要的一点是，不要随意尝试政体改革，除非局势到了非改革不可的地步，或者是改革的话将会收到意想不到的效果。此外，改革应当是能带来进步性质的变化，而不是假装喜欢变化而有意改革。

还有一点也必须注意，新鲜事物不一定都是改良创新的结果，我们不能不假思索地全盘接受。就像《圣经》所说的那样："我们访问古道，站在路上察看，找出哪条是善道，然后沿着这条道路走下去。"[1]

---

[1] 《旧约·耶利米书》第6章第16节说道："耶和华说，你们应该在路口处察看，寻找那些旧路古道，找出最好的道路，然后行走其上，这样你们的心就会得到安宁。"

世 事 之 变 迁

所罗门说人世间并没有新发生的事情。

所罗门说人世间并没有新发生的事情。[①]就像柏拉图所认为的那样——所有的知识只不过是在回忆[②]一样,所罗门也认为任何新的事情只不过是被人遗忘了的往事而已。[③]由此看来,勒忒河[④]不仅在冥国一直流淌,在人间也是如此。曾经有位经验丰富的占星学家[⑤]说,人世间有两种亘古不变的东西,一种是恒星,它们之间不离不弃,保持着相等的距离;另一种是周日运动[⑥],

---

① 参见《旧约·传道书》第1章第9节:"已经发生的事情,以后还要发生。已经做出的行为,以后还会做出。太阳底下并没有新鲜的事情。"
② 参见柏拉图《对话集·斐多篇》。柏拉图认为,人的灵魂是永存不朽的,人在出生以前生活在理念的世界,自由而充满智慧,但是人在出生之后,由于灵魂受到肉体的禁锢,因此便失去了自由和知识。如果想要重新获得知识的话,那么必须进行回忆,在闭目塞听的状态下,用精神的力量重新唤起理念世界中原有的记忆。
③ 参见《旧约·传道书》第3章第15节:"现今的事早先就有了,将来的事早已也有了,并且神使已过的事重新再来(或作:并且神再寻回已过的事)。"
④ 勒忒河是希腊神话中的冥国忘川,进入到冥国的鬼魂只要喝一口忘川的水就会忘记所有人世间的事情。
⑤ 大部分西方学者认为这位"占星学家"极有可能是指意大利哲学家泰莱西奥(BernardinoTelesio, 1509—1588),这是因为泰莱西奥的著作《物性论》(De rerum natura juxta propria principia)第1卷10章中有类似的说法。另外,培根本人对泰莱西奥也十分推崇,称他是"第一个现代人(first of the modems)"。
⑥ 周日运动(diurnal motion)是指在太空中的每一个恒星,在恒星日内围绕天轴由东向西旋转一周的运动。实际上这就是地球自西向东不断自转的反映。

永远严守着时刻。除了这两种之外，世间的一切事物都转瞬即逝。毫无疑问，一切事物都在不停地变化，从来没有停止过。但是这世界上有两块巨大的裹尸布，它们能把过去的一切都掩埋掉，这就是洪水和地震。说到大火与干旱，虽然它们可以造成毁灭，但绝不是毁灭性的。法厄同驾驭着太阳车也就跑了一天。①以利亚时代的那场大旱虽然持续了三年，但是仅仅限于一个地域，最后人们还是度过了干旱的季节②。至于在西印度③常见的大火，由于其由雷电引起，因此燃烧范围是非常有限的。这里需要进一步阐明的是，虽然说在毁灭性的洪水和地震中，肯定有人幸免于难，但是这些幸存者大部分是一些没有文化基础的山民，他们没有办法对过去的一切进行记载，最后导致的结果就与没有人存在一样，所有的往事尘埃都被埋藏在了遗忘的历史中。如果仔细考察一下西印度人，就会发现他们与旧大陆的各民族相比较的话，他们是一个更新的种族，或者说是一个少不更事的年轻人种。而更加有可能的是，尽管埃及的祭师曾经告诉过梭伦，由于一场地震，大西岛沉没了④，但是曾经在西印度发生的毁灭性灾难并不是地震，而是一场特大的洪水灾害，因为在那里很少会发生地震。而且从另一方面看，许多浩荡的大河分布在西印度地区，欧、亚、非三洲的河流与其相比的话简直就是小溪。另外，他们的安第斯山也远远高过我们

---

① 根据古希腊的神话传说，法厄同是太阳神赫利俄斯的儿子，他曾经私自驾驭着父亲的太阳车外出，差点使得整个世界被火焚烧；幸好遇到了宙斯，将其用雷电击死，这才使得世界得以保存。
② 参见《旧约·列王纪上》第17~18章。
③ 当时的人们用"西印度"来指代所发现的美洲。
④ 希罗多德和普鲁塔克就梭伦在埃及（以及普浦路斯和小亚等地）的10年游历都有一些记载；关于"大西岛"的沉没，可以参见本书《论预言》的最后一段及其注释。

欧洲的山脉。因此不难想象，那里幸存的人类正是由于高山的存在才得以在洪水中幸免。对于马基雅维利的看法，我却不认同。他认为由于宗教的相互斗争才导致了人类对往事的遗忘，并且还声称教皇格列高利一世曾经竭尽全力地消灭各种宗教的古迹古俗。[1]但是我认为宗教的狂热不会发挥那么巨大的作用，也不可能持续那么长的时间，比如在格列高利之后的萨比尼安教皇，他就积极复兴多种宗教的风俗习惯。[2]

本文不讨论关于第十重天[3]的变化，但是如果世界真的像人们所希望的那样长久，那么柏拉图所说的"大年"[4]也许真的会发挥些作用，不过这种作用不是使每个具体的人死而复生，而是使整个世界周而复始，不断循环。对世间的大事来说，彗星有些不可低估的影响力和作用力，但是人们只是仔细观察和注视它们运行的轨迹，却往往忽视了它们所带来的影响，尤其是那些互不相同的影响。通过观察不同彗星的颜色、光线变化、亮度以及出现在天空中的位置和持续时间，可以推断出哪一种彗星将带来什么样的影响。由于人们往往忽视了这些，结果也就得不到任何关于彗星影响的启示。

---

[1] 参见马基雅维利《论李维》第2章第5节。
[2] 萨比尼安教皇在位时（604—606）曾经有一段时间多神教比较活跃。
[3] 据古希腊天文学家托勒密的《大综合论》（Almagest）所述，静止不动的地球乃宇宙之中心，中心外有十重天，每重天下有若干天体围绕地球旋转，其动力来自被称为第十重天的第一运动（Primum Mobile）。
[4] 参见柏拉图《对话集·蒂默亚篇》。古代的人们把天体完成所有公转之后重新回到它们的起点那一年称为"大年"（great year），并且认为世界从这一年又重新开始。赫拉克利特认为，8万年是一个大年的周期，但是一般人认为是7777年。现代的天文学继续沿用"大年"这个名称术语，但是指春分点沿着黄道运动一周的周期，大概是25800年。

曾经听说过一件有趣的事，而我却不愿意这件事情不被人注意就被遗忘了。据说有人在低地国家①观察到，相同的年景和气候每隔三十五年就会重复出现一次，如多雨、大旱、严霜、凉夏和暖冬等等。这种现象被他们称为"复初"。我回顾过去的时候也发现过相似的现象，这就是我要提及这件事情的原因。

我们现在暂且抛开自然界的变迁，来谈一谈人世间的变化。宗教派别的更迭恐怕是人世间最大的变化，真正的教会建立在那块磐石之上，②其余的教会则在历史的长河中颠沛流离。所以我在这里只想谈谈新的教会派别得以产生的原因，并就其产生的原因提一些个人的建议，期望人类的认知能力能够制止这么巨大的变更。

当一个为大众广泛接受的教会由于内部的原因而分裂时，当教徒们的神圣感所剩无几，其行为作风也有伤教规时，并且这种情况发生在一个愚昧无知的野蛮时代，那么人们就应该可以预料到将会有一个新的宗教产生，特别是再有什么奇人怪士自称是某个新教领袖的时候。当年穆罕默德宣布其律法时，正好位于一个具有上述所有特点的时代。但是新教派如果没有以下两种特点，人们就不用担心它会广泛传播。这两种特性之一是取代或者反对已经确立的权威，这是最为深得民心的举措了；其二就是允许教徒过一种纵欲的生活，因为纯理论的异端邪说就

---

① 在16世纪以前是指尼德兰地区，后来是指比利时、卢森堡、荷兰等国。
② "真正的教会"是指基督教会，"磐石"的说法参见《新约·马太福音》第16章第18节。

像古时的阿里乌派①和当今的阿米尼乌斯派②那样，虽然一时半会儿可以迷惑民心，但是却没有能力造成巨大的政局变动，当然他们凭借政治活动除外。新教派通过三种方式树立自己的威信：一是凭借深明大义的布道宣教，二是借助于一些已经发生的奇迹，三是直接利用武力。我认为以身殉教应该归于奇迹这一类别中，因为殉教这样的行为已经超越了人性的力量。另外，至善至美的生活也属于奇迹一类。毋庸置疑，教会只有不断改革，破除旧的规约，调和彼此之间的小争端，实行说服教化的政策而不是血腥镇压来争取异教人员，放弃使用暴力和仇恨的手段，这样才能防止本派教会的分裂和新教的产生。

战争的变化真是变幻莫测，令人不可捉摸，但是主要的变化有三个方面：一是战争发生的地域，二是作战使用的武器，三是战争期间运用的战略战术。古代的战争好像大多数都是从东向西，因为像波斯人、亚述人、阿拉伯人和鞑靼人等这些充当侵略者的都是东方民族。高卢人当然是西方人，但是他们只进行了两次侵略战争，一次是侵入加拉西亚，③另一次是进犯罗马，④而且这两次战争可以在古籍中查到。不过，东方和西方并

---

① 阿里乌派是早期基督教一种"异端"教派，其领袖阿里乌（Arius，约250—336）拒不接受"耶稣（圣子）与上帝（圣父）同性（同体）"之正统信条，在325年的尼西亚宗教会议上被宣布为"异端"。该教派还反对教会拥有大量土地和财产，深得下层人民拥护。
② 阿米尼乌斯派是欧洲宗教改革时期的一个比较极端的教派，它的领袖阿米尼乌斯（Arminius，1560—1609）是荷兰基督教新教的神学家，其对加尔文的"先定论"持坚决反对的意见。加尔文的"先定论"是指人在现实生活中的成败以及来生，都是在生前由上帝决定的。
③ 加拉西亚（Galatia）是古代小亚细亚的一个地区，在现在的土耳其境内。公元前279年，高卢人侵占这块地区并建立了加拉西亚王国，公元前25年这个国家成了罗马帝国的一个行省。
④ 公元前390年，波河流域的高卢人一直把战火烧到罗马，战败的罗马人最后退守到卡匹托尔山，仅仅凭借那里的神庙的庇护进行殊死的抵抗。关于这次战事，史学家们一直有这样的传说：当罗马人拿黄金与高卢人交换城池的时候，有人抱怨高卢人暗地里在秤上做了手脚，于是

没有明确的坐标，①所以古代人对于后来发生的战争取消了从东到西或者从西向东的记载。但是，南北两方的方位有明确的坐标，所以人们清楚地知道很少有或者没有南方的民族入侵北方，而相反的情况却多有发生。

从中可以看出，世界的北方是个更加喜好战争的区域，这或许是由于北方有广阔的陆地，或者是由于那个地区的星象，②要不然就是因为北方地区的寒冷使得当地的居民身强力壮，威猛无比，即便他们不经训练也鲜有敌手；③最后一个或许是更为明显的原因。

当一个国家开始分裂，人民处于水深火热之中时，人们便知道战争就要开始了。因为庞大的国家在强盛时期，一般都解除了它们所征服的各个民族的武装力量，因此当宗主国没落以后，辖下的各民族国家也随之衰亡，成为被外族人奴役压迫的对象。罗马帝国的衰亡就是最好的例证。④查理大帝之后的查理曼

高卢人的首领布伦努斯（Brennus）把自己的佩剑压在砝码上大声说道："战败的人就是这个下场，活该！"（Vaevictis！）

① 这里的意思是西方和东方不像北方那样有北极星作为坐标可以参照（East and west are not marked in the heavens by a particular star in the way that north is fixed by the polar star）。

② 英国学者罗杰·培根（Roger Bacon，约1214—1292）在他的著作《大成集》（Opus Majus）中持有这种观点。

③ 这里所说的北方和南方是以欧洲为中心而言的，或者更准确一点是以西南欧为中心。在中世纪前半期，西南欧人自认为比较文明，自身并不把北欧人看作是自己的同类。这种地域和人种上的分野，以及战争的不断挑起，总是归因于北方，其原因可以参见刘村译《北欧海盗史》的引言及部分章节（商务印书馆1994年版）。

④ 罗马帝国晚期的衰败，使得不断有外族人入侵，他们有西哥特人（410年攻占罗马城，使之匍匐在他们的脚下）、汪达尔人（先侵占西班牙和法国，后于439年攻占迦太基）和匈奴人（443年进兵君士坦丁堡，东罗马帝国战败，并向其求和，最后向匈奴人交纳岁币）等。

帝国大致情况也是如此，每只鸟也只是得到了一片羽毛而已。①如果西班牙帝国分裂的话，最后的结果也是如此。多个王国的联盟与合并也少不了战争的发生，因为如果一个国家变得过于强大，它必然会成为随时可能泛滥的洪水。罗马、土耳其、西班牙和其他帝国在历史上已经验证了这种情形的发生。世界上原始民族毕竟占少数，他们未经开化，对谋生手段也知之甚少，于是大部分人不愿意成家立业或生儿育女，像这样的情况除鞑靼地方②外，世界上其他地区的蛮族的情况大致相同。人口泛滥对于世界来说不算是一个潜在的危险，但是如果人口众多的民族不断繁衍，而没有长远的民生规划，那么他们等到两代以后势必要将一部分人口迁往外地。古代北方的民族数量众多，于是采用抽签的办法决定哪些人应该迁徙出去谋生，哪些人可以继续留在原地。③当一个崇尚武力的国家日渐衰亡时，它一定会招来战争，因为像这样的国家在走下坡路的时候经济上往往很富有，早就成了别人眼中的大餐，而它自身军事力量的衰退必然引起其他国家对其使用武力。

说到武器的使用和变化，几乎没有什么可以遵循的规律和章法，而且很少能引起人们的注意。然而我却不这么认为，其实武器的使用也有自身的变化和轮回。人们都已经知道，印度人

---

① "夺得一片羽毛的鸟"很有可能是查理大帝的三个孙子，他们将帝国分成了三部分；也有可能是指在地中海西部地区称霸的阿拉伯人，夺得法国西北部滨海地区的诺曼人和占领多瑙河流域的马扎尔人等。
② 这是一个比较模糊的地理概念，中世纪时专指自东欧至亚洲的大片地区，那时该地区受蒙古人统治。
③ 据说最初从北方迁徙不列颠的撒克逊人和盎格鲁人使用的就是这种抽签的方法决定谁去谁留的。

在奥克斯拉斯城战役中使用了被马其顿人称为雷电或魔火的武器——火炮[①]。还有中国人使用的火炮大概已经有两千多年的历史，这也是人尽皆知的一点。武器性能和使用的变化趋势大致有以下几点：一是使用携带方便，容易操作并能适应任何气候条件；二是攻击的能力要强，在这方面大炮已经凭借自身的优势超越了各种攻城槌和原始的发明；三是最大限度地减少使用者的危险，要能攻击到远处的目标，大炮和滑膛枪的出现是这方面的最好例证。

至于战略战术的变化，人们最初以为军队的数量是决定因素，因为战争往往靠兵力和士气求胜。那个时期他们只是选定一个固定的时间两军对阵，互相厮杀而已，在公平的对决中分出胜负。可以说，他们在最初的阶段并不懂得布阵排兵。后来，他们逐渐地明白了用兵的道理——贵在精而不在多，并学会了利用有利地形和虚张声势的战术，作战指挥部署的能力也大有提高。

一个国家在建立之初的军事力量最为强盛，到了中期它的学术就会繁荣起来，接着是经历一个文武并行的时期，最后进入两者都衰亡的风烛残年，但是这个时候的商业和手工技术却很发达。学术也有自身的生命周期：幼稚天真的童年期，风华正茂的青春期，厚积薄发的壮年期，还有最后每况愈下的暮年晚

[①] 327年，亚历山大大帝曾经率领大军侵占过印度的西北部。但是关于印度人使用火炮的说法，并没有真实的文字记载。据说菲洛斯特拉托斯所著的《阿波罗尼乌斯传》谈到了印度人使用火炮，但是阿波罗尼乌斯在当时（1世纪）被人们看作江湖术士（Magician），他的言论不能作为凭证。

景。这番世事变迁的历史,我们还是少看为好,以免其中的变迁规律令我们迷惑不解。至于那隐藏在世事变迁背后的历史车轮是如何运作的,那不过是一套说辞,所以本文也不做解说。

国家之真正强盛

一切想要崛起的国家必须注意，不要让国家的上层阶级增长过快，这样的话很容易使得平民阶级沦落为最为低等的贱民，最终成为上流阶级的仆人。

雅典人特米斯托克利的言论尽管过分地彰显自己的成就而居功自大，但是它们广为传播，适用于不同的人，并被视为真知灼见。曾经在一次宴会上，有人邀请他弹琴，他说："我不善于弹奏，对音律几乎一无所知，但是我却可以把小城邦变成大帝国。"[1]只要我们稍微使用一下隐喻的方法就可看出，他的这种言论无不道出了政府官员所具备的两种能力。如果仔细审查一下所有的官员，民众们就会发现，他们当中能使国家不断壮大的人几乎不能弹奏，但是相反，善于弹奏的人不仅不能把国家建设得更加美好，反而却把一个富强的国家引向衰败。毫无疑问，既然大部分官员仅仅凭借这种蜕化的能力博取君王的认可，并获得老百姓的赞扬，那么这种能力的最好称谓就是"弹

---

[1] 根据普鲁塔克的《希腊罗马名人列传》记述，特米斯托克利爱慕虚荣，总是抓住一切机会炫耀自己，经常在公民大会上显示功勋；这里的引用就是出自《列传》中的《特米斯托克利篇》第2章第3节。（另参见本书《论友谊》一文中的相关注释）

琴",除此之外别无其他。因为像这样的小技术使得玩弄者本身自我感觉良好,还能讨得他人的欢心,但是对于国家的繁荣昌盛是没有一点积极作用的。当然,有些高官要员也算得上"称职",把国家事务处理得井井有条,使得国家没有明显的麻烦,也不会陷入潜伏的危机,但是他们却无法增强国力,充实国库,扭转国家的命运。不过,我们在这里仅仅讨论国事本身——一个国家繁荣昌盛的根本之道,不过多涉及官员们自身的问题。

这些言论最适合于有雄心壮志的君主帝王,其目的主要有两个方面:一是不要让君主们因高估自己的实力而热衷于没有功效的计划;二是让他们不要因低估自己的能力而不断采纳萎靡的建议。

一个国家的疆土可以通过测量得知它的大小,可以通过计算得知它的年末收入,可以通过户籍管理得知它的人口多少,可以通过地理图标得知它的城镇数量。但是,在所有的国家事务中,最难以明确并最容易出错的难点是国力强弱的判断。天国被比喻成一粒芥子,而不是其他的任何硕大果实。芥子虽然较一般的种子都小,但是却具有生长速度极快、蔓延范围极广的特性[①]。所以,有些国家虽然地域范围不大,但是却极易成为庞大帝国的基础;有些国家虽然幅员辽阔,但是却不能控制别的国家或者扩张领土。

---

① 参见《新约·马太福音》第13章第31~32节。

如果一个国家的民众缺乏英勇善战的气概，那么坚韧的城墙、庞大的弹药库、奔驰的战马战车等等这些不过是披着狼皮的羊。而如果一个国家的士兵没有一丝士气，那么这个国家的军队数量再多也是毫无意义的，正如维吉尔所说："狼对于眼前的绵羊，根本不在乎它们的数量多少。"①

当年波斯军队盘踞在埃尔比勒平原上，人数众多就像一片大海。亚历山大的军中将领看到这样庞大的军队后，内心也不禁产生了几分怯意。后来他们把这种情况通报给亚历山大，并且希望他能够传令采取夜间偷袭的策略。然而，亚历山大表示不想偷袭取胜，结果马其顿人轻易地就挫败了波斯人②。亚美尼亚国王提格拉尼一世面对前来进攻的仅仅一万四千人的罗马军队，倚仗自己的四十万大军取笑罗马："如果前来的人是一个使团的话，那么人数有点多；但是如果是军队的话，人数则是非常少了。"但是，后来他发现应战的人虽然为数不多，但是已经在太阳落山之前将他的军队杀得落荒而逃，而他自己也被追得狼狈不堪③。像这样勇气超越人数的战例多得不计其数，因此人们可以相信，一个英勇善战的民族对一个国家的强大来说至关重要。有些人没有深入地考量，认为金钱是战争的力量；其实他忽略了一点，如果士兵的力量由于民族的卑微而不断衰退，那么金钱也是无济于事的。

---

① 参见维吉尔《牧歌》第7首第52行。
② 这个例子描述的就是发生在公元前331年的埃尔比勒战役，亚历山大大帝在这场战役中以少胜多打败了大流士三世。这场战役的实际战场是在埃尔比勒占城（Arbela，位于今伊拉克北部）以西52千米处的高加米拉（Gaugamela），因此又被称为高加米拉战役。
③ 这个例子所描述的就是被历史学家称为"第三次米特拉达悌战争"中的一场，执政官卢库鲁斯（Lucullus，前117—前56）担任这次战役的罗马军队统帅。

当克罗伊斯①向梭伦②夸耀他所拥有的黄金时，梭伦就善意地劝告他说："陛下，如果有人前来，并且他们的钢铁比你的更加坚硬，那么他们就会成为这些黄金的新主人。"由此看来，如果一个国家没有优良品格、骁勇善战的国民组成本国的军队，那么这个国家的君主或政府千万不能过高地估计其国力；但是另一个方面，如果一个国家的臣民都具有崇尚武力的性格，那么君王必须确信自己拥有震慑的力量，当然他的臣民在其他方面有较大缺陷的话则另当别论。至于花费高额巨资从国外招募军队，尽管也是一种不错的补救措施，但是历史的先例无不向我们展示了，凡是依靠雇佣军的国家或君王，他们的威风是不可能长久的，只能是得意一时。

以萨迦和犹大注定是不能重合的，同一个民族或部落既不可能是负重的驴又不可能是威猛的狮子③；同样的道理，一个被繁重的赋税压抑已久的民族是不可能成为勇敢有为的民族的。但是，经过国民代表大会同意的征税，对于民心和士气的影响却是比较轻微的，这是一个无可争议的事实；像荷兰的国内货物

---

① 克罗伊斯（Croesus）是小亚细亚古国吕底亚的末代国王（约前560—前546），公元前546年，其被波斯国王居鲁士所灭。传说他曾经是古代的大富翁，其名Croesus与"富豪"的含义大致相同。
② 梭伦（Solon，约前638—前559），古希腊政治家、诗人，"希腊七贤"之一，公元前594他担任执政官，进行了积极的政治改革（即"梭伦立法"），任职期限届满后出国到处旅行，到过小亚细亚。
③ 《旧约·创世记》第49章中记述：犹太人的祖先雅各在临死之前把12个儿子都召集到床前，分别预言了他们的命运（他们后来都成了以色列的12个部族），其中犹大被预言为威武之狮，以萨迦预言为负重之驴。

税[1]和英国的王室特别税[2]就是最好的例证。另外，读者们需要注意一点，我们在这里讨论的是民气问题而不是资金的问题。所以，同样的税款可能都出自同一个钱包，但是自愿交纳和强制征收对民气的影响是迥然不同的。从中我们可以看出，最好不要过多地对国家的臣民征收税款。

一切想要崛起的国家必须注意，不要让国家的上层阶级增长过快，这样的话很容易使得平民阶级沦落为最为低等的贱民，最终成为上流阶级的仆人。 我们可以通过萌芽林的培养来说明这个道理，如果优势木苗被安置得过分茂密，那么中间木和被压木就没有出头之日了。因为优势木的下面最后只有灌木丛和一些花草荆棘了。所以，一个国家的自由民会由于缙绅过多而变得地位卑微，这样导致的结果是很多人当中没有一个人适合参军，更不用说充当步兵了；而步兵又是一个国家军队的主力，可想而知到那个时候国家将出现民众很多但却势力微弱的局面。

笔者以上所论的最好例子就是英国和法国之间的比较，就领土范围和人口数量来说，法国远远超过了英国，但是英国却是法国一直以来最为强大的对手，究其原因就是法国的村农野夫不能充当优秀的士兵，而英国的中产阶级却可以。在这方面，英王亨利七世的做法，值得我们推荐欣赏；他为农庄和牧户保留

---

[1] 这是尼德兰联省共和国政府征收的一种间接税，主要用于国家和军队的开支。当时尼德兰的宗主国西班牙对其的威胁没有完全消除，尼德兰的人民仍然团结一心，共同抵抗，因此没有人抱怨这项沉重的赋税。
[2] 这是当时由英国议会代理征收并发放给王室的一种特殊津贴。

了一定的土地，使得他们耕者有其田，过着经济富裕的生活，而不是那种像雇农一样奴隶般的境遇；①像这样来治理国家，很快就会达到维吉尔所形容的古意大利那种盛况：一个有强大军事力量且国土广泛富饶的国家。②

还有一个社会阶层往往被人们忽略，那就是贵族及其家中具有自由民身份的仆人，他们要是上战场打仗的话，其力量与农家子弟相比也不能低估。所以，贵族门庭中所形成的豪客、奢华以及使用大批仆人的风气，有助于发扬尚武的精神，这一点已经是众所周知的共识。而与之相反，豪门贵族的节俭封闭生活方式，却会很容易导致军事力量来源的匮乏。

想尽一切办法要使得尼布甲尼撒梦中的那棵王国之树健壮挺拔，以便能够支撑繁茂的枝叶；③这个比喻是说一个国家的土著臣民应该与外来民族的臣民保持合理的比例。所以，凡是对外来民族持开明政策的国家都很容易成为大的帝国。因此，一个小民族或许凭借自身的智谋而获得广阔的疆土，但是它不可能长久地维持下去，很快就会分崩离析，这是显而易见的。

---

① 15世纪末，大批英国农民由于圈地的盛行，而被赶出家园，被迫成为流浪者，这种情况造成了社会的动荡，兵源和纳税人也急剧减少，因此亨利七世统辖下的政府在1489年第一次颁布了《反圈地条例》，并提出了退牧还农，保护有20英亩地的农民不被压迫，还规定了牧主的羊群不能超过2000只。
② 参见维吉尔《埃涅阿斯记》第1卷第531行。
③ 根据《旧约·但以理书》第4章记述，巴比伦王尼布甲尼撒梦见一棵参天大树，其枝叶繁茂，果实累累……忽然有一天使宣布，砍倒这棵树，希伯来先知但以理说这个梦是亡国的先兆。

斯巴达人在处理异族问题上始终保持歧视的态度，因此当他们坚守本国土地时坚如磐石，固不可摧，然而一旦他们对外扩张领土时其树干就无法承受枝叶，最终就像大风肆虐果实尽落一样突然消亡。

古罗马在接纳外族人进入本国这一点上，其他的任何国家都无法与之相比，因此罗马人逐渐发展成为世界上最庞大的帝国王朝。他们的做法是直接充分授予外族人以罗马国籍，在他们看来这是合法必要的公民权，人人皆须具备。通过这种公民权的授予，外族人不仅获得了财产权、通婚权和继承权，而且还获得了选举权和被选举权。同时，不仅个人可以获得公民权，整个家庭、整座城市甚至是整个民族也都可以获得公民权。此外，罗马人善于殖民，他们把本国的籽苗移植到他国的土壤，不断融合本国与他乡的习俗，并使之合二为一。因此与其说罗马人向世界扩张，倒不如说世界向罗马蔓延。由此可见，这才是最稳妥的强国之道。

我有时难免对西班牙感到惊异，为何那么少的人口居然能获得那么大的宗主权。其实西班牙的本土就是一枝硕大无比的树干，它的健壮程度远远超过了斯巴达和罗马兴起时的状况。另外，尽管他们严格把关异族人获得本国的国籍，但是他们却有另外一种措施，仅次于直接充分授予国籍，那就是他们以平等的原则招募各个民族的士兵，并且在适当的时候让外族人担任军队的高级将领。不仅如此，我们还可以从西班牙最近颁布的国事诏书看到，本土人丁不旺的问题已经引起国家的注意，并采取措施努力改变这种状况。[1]

毫无疑问，但凡需要在室内久坐而操作的技术行业和精致工艺，它们所需要的个人品质与军人的性格是相互排斥的。一般而论，崇尚武力的民族大都有些懒惰散漫，都喜欢冒险而不愿意生产劳作；而如果想要维系他们崇尚武力的精神，就得保留他们的懒散习惯。所以，古代的斯巴达、雅典、罗马等国家都使用奴隶，这对它们来说有极大好处，因为那些既消耗时间又残害身体的工作通常都是由奴隶完成的。后来由于基督教的戒律，奴隶制差不多消失殆尽。现在与奴隶制比较相像的做法就是把上述的工作安排给外来的异族人去做，从而使得本国国民安心地从事以下三种行业：一是有田地的农夫，二是有自由民身份的仆人，三是适合男子从事的技术工艺，如木匠、铁匠和砖瓦匠等。在这里没有涉及职业军人。

但是，如果想要成为真正的强大帝国，公开承认崇尚武力并以从军为最大光荣、最好职业和最高目标，这是一个国家必须做到的最为关键的一点。上文所述都是发起战争的能力，如果没有目标和行动，光有能力有什么用呢？根据罗马人的传说，罗穆卢斯曾经在死后给过他们一道神谕，[2]告诉他们致力于战争是最重要的事情，只有这样才能建立起世界上最强大的帝国。为

---

[1] 西班牙国王腓力四世（Philip Ⅳ，在位期：1621—1665）在1622年颁布诏书，宣布授予已婚的西班牙本土居民具有一些特殊的权利，并且进一步规定，凡是有6个孩子以上的家庭可以免除本应该承担的国民义务。
[2] 罗穆卢斯（Romulus），罗马城的创建者，传说是特洛伊英雄埃涅阿斯的后代，"王政时代"的第一代国王。据说他还没有去世就已经升天，被罗马人尊为神；这里谈及的神谕一事可以参见李维《罗马史》第1卷第16章。

145

了适应扩张帝国的目的，斯巴达国家总是不断地调整其组织结构，尽管调整后的组织结构并不明智。[①]波斯人和马其顿人也曾经建立过强大的帝国王权。日耳曼人、高卢人、撒克逊人、哥特人、诺曼人以及其他一些民族在历史上也都显赫一时。土耳其虽然今天的国家实力已经大为减退，但是至今还拥有奥斯曼帝国。当今所有的欧洲基督教国家中，只有西班牙拥有帝国的势力；[②]不过任何一个国家都是在最为擅长的事业上具有优势，这是显而易见的道理，因此在此不必多加讨论这些了。我只想指出：一方面，如果一个国家不公开声称崇尚武力，那么它的强国之梦恐怕就难以实现；另一方面，只要一个国家坚持不断地寻滋挑衅，它就可以创造奇迹，这是时间赐予它的最好礼物；至于那些仅仅在某个时期崇尚武力的国家，尽管在这段时期内增强了自己的势力，提高了自己的地位，但是这种势力和地位依然可以延续到军事力量衰减以后，继续有效地保护它们。

伴随上面的论述继之而来的是一种国家需要，即需要有一种可以提供战争理由的法律或规约。**人天生就有一种正义感，所以如果没有适当的理由以显示战争的公正性，那么人们一般是不会投入其中的。**土耳其人总是以传播宗教的名义兴师动众，他们总是拿这个当作发动战争的理由。罗马人也是这样，他们把扩张本国的疆土看作是自己建功立业的最大荣誉，但是仅

---

① 如斯巴达实行双王制，一个国王专管统兵征战，一个国王专管国内事务。
② 当时的西班牙不仅占有美洲的秘鲁、智利、哥伦比亚、墨西哥、西印度群岛和亚洲的菲律宾群岛，而且还拥有在欧洲的霸主地位。

仅凭借这一个理由，他们不轻易发动战争。因此，想要通过崇尚武力增强实力的国家一定要做到以下两点：其一是对于本国边境的居民、商人或外交使节受到的来自他国的无礼行为十分敏感，而且对于他国的挑衅行为反应迅速而不花费太多时间讨论；其二是能够以最快的速度援助盟国，随机应变地调动各种军事力量，就像当年的罗马人那样；如果一个国家受到外敌入侵，并且向建立了盟约的其他国家分别求助，那么罗马人的救援军队总是最先赶到，这份荣誉永远属于罗马而不是其他国家，这是当时罗马人的原则。

至于为了某国或某党某派的政府性质，古人而发起的战争，我真的不知道怎样去证明它的正当合理性；比如历史上为了希腊的自由，罗马人发起的一场战争①，又比如为了在希腊各城邦推翻或建立寡头政体或民主政体，雅典人和斯巴达人进行的战争②，再比如一个国家或以提供保护，或以主持公道，或以解救他国的国民不再受到专制压迫为理由而发动的战争等等。总而言之，凡是不愿意兴兵动武的国家，一般是不会强盛起来的。

人体不做运动的话，是不会健壮的，政体不做运动的话，是不会强盛的；而对国家来说，有充分的理由发动战争，就是最好的运动。国内战争就好像是人体的感冒发烧，可以用对外战争的方法来治疗，因为对外战争好比是运动发热，对于身体的健

---

① 这里是指"第二次马其顿战争（前200—前197）"。
② 这里是指伯罗奔尼撒战争（前431—前404）。修昔底德的《伯罗奔尼撒战争史》详细记载了这次战争。

康是大有好处的；这是由于在安逸的环境中，民风民气就会变得阴柔，日趋堕落。但是，不管崇尚武力对于安居乐业有什么影响，它对于国家的强大都是有百利而无一害的。尽管维持一支强大的军队需要花费大量开支，但是却可以使国家保持一支常备军。这样的话这个国家就可以对他国发号施令，或者保持强国的名誉。西班牙就是一个最好的例证，它在欧洲各地派兵扎营的历史已经有一百二十年了。

对于一个强大的国家来说，掌握海上霸权是一个必要的条件。西塞罗在致阿提库斯的信中，曾经详细谈论过庞培对付恺撒的军事计划，他说："庞培认为只要控制了海洋，就可以控制一切，很显然他是在仿效当年特米斯托克利的策略。"毋庸置疑，如果庞培不是由于丧失信心而放弃海上控制权的话，他一定能够打倒恺撒。[①]海上战争的重大影响由此可见一斑。罗马帝国的最后归属决定于亚克兴战役[②]，有效地抑制土耳其人的扩张，则是依赖勒班陀海战[③]。通过海上战争来决定整个战争布局的胜负，这样的例子不计其数；显而易见，这与各个国家的历代政府或君王崇尚与依赖海上战争是分不开的。于是可以肯定一点，要想拥有战争的主动权，必须先掌握海上霸权，这样的

---

① 庞培最终在"法萨罗战役"（前48）败于恺撒，史学家认为指挥失当和贻误战机是他失败的主要原因，因为当时他的实力远远超过恺撒，而且决战的时候还有60艘舰船停泊在海上没有动用。
② 亚克兴战役发生在公元前31年，古罗马屋大维在这场战争中打败了安东尼以及助阵的埃及女王克娄巴特拉。这次战役结束了罗马的内战，使得屋大维成为罗马帝国的第一个皇帝，即奥古斯都。
③ 勒班陀海战发生在1571年10月，西班牙威尼斯联合舰队在这次战役中打败了土耳其舰队。

话就可以随心所欲地控制战争局面；而那些只拥有陆军力量的国家，虽然自身也非常强大，但是在海上战争面前总是进退两难。毫无疑问，当今欧洲拥有很明显的海上优势，一方面是由于欧洲国家大部分都是临海国，另一方面是由于东西印度[①]的财富在一定程度上充当了海上霸权的附属品。

军人可以从古代战争中获得巨大无比的光彩荣耀，现代战争中的军人与其相比的话是难以企及的。如今也有一些骑士称号和勋位，虽然也是为了鼓励士气，但是却不加区分地授予军人和非军人。此外，现今还设有一些伤残军人医院或者颁发荣誉纪念册之类的东西。但是在古代，战场上总是竖起为他们而建的纪念碑，在葬礼上总有哀悼他们的颂词，在国内通常还建有阵亡将士的纪念馆，有后来被各大国君主借用的 emperor 这一称号[②]，有奖给个人的花冠和花环，有将士们回师的凯旋仪式，还有遣散军队时的巨大赏赐。士兵们崇尚武力的精神可以被这一切有效地激发出来，但其中古罗马人的凯旋式最值得一提。那种仪式不是为了炫耀或是显摆，而是一种明智且高贵的习俗；它包括三项内容，一是用战利品充实国库，二是给凯旋将军以荣耀，三是给士兵们以赏赐。不过，像这样的荣耀不太适合君主制国家，除非是君王本人或他的后代们获得了这项光荣的名誉。正如发生在罗马帝国时代的情况一样，皇帝们只为自己和

---

① "东印度"一般指印度、印度支那半岛、马来半岛和马来群岛，它是西方人使用的一个不确切的地理名称；"西印度"是由于哥伦布的失误而产生的一个地区名字，后来的欧洲殖民者就借这个名字来称呼南北美洲。
② 古罗马的士兵们总是在胜利归来后向他们的统帅高呼，他们称统帅为 imperator（英语称作 emperor，意思是统帅或者凯旋的将军），奥古斯都建立帝国之后就用这个称号作为自己的终身头衔，于是这个词的含义就转变成了"元首"或者"皇帝"。

自己的儿子们举行凯旋仪式,对打胜仗归来的将士们只是给予凯旋的服饰,从而把凯旋式据为己有。①

总结上面的论述,虽然只依靠自己的意识就可以随意增加自己的身高,对人来说是不可能的②,但是对于一个国家的政体来说,君王或政府的能力直接决定了这个国家的领土大小和国势的强弱。只要他们实施了上文所谈到的所有规则、惯例和策略,他们就为后世的子孙们埋下了强盛的种子。只可惜这样的大事情总是被君王或政府忽视,最后国家的命运只好听天由命了。

---

① 在罗马共和国时代,但凡在对外战争中取得胜利的将军都可以得到凯旋式,在仪式上将军穿着具有王家风范的紫边阔袍,乘着装饰有月桂枝的战车,前面由执政官和众元老引路进城,后面是俘虏、班师军队和战利品等等。队伍一直游行到卡匹托尔山上的朱庇特神庙,然后举行献祭、杀死俘虏等活动,最终以宴会而结束整个仪式。但是进入帝国时代以后,奥古斯都曾经慷慨地为三十余名将军举行过正式的凯旋式,除此之外,后来获胜的将军只能获得凯旋服饰的荣誉:获得戴桂冠、穿着凯旋服、坐象牙圈椅和塑像的权力,其他的仪式都被省去了。
② 参见《新约·马太福音》第6章第27节和《路加福音》第12章第25节。

法 官 的 职 责

> 公正的法律与合理的国家政策之间，是不会有任何抵触的，因为这两者就像是精神和肉体一样，应该协调一致。

作为法官的人一定要谨记，他们的任务是司法而不是立法；他们只能解释法律法规，但是不能制定或者修改法律法规。如果不是这样的话，司法权就会沦落成罗马教会所声称的那样，以阐释《圣经》为名义，大肆篡改法律法规，甚至声称在《圣经》里找不到依据的法规，应该实施新法代替[1]。作为一个法官，足智多谋是其必要的素质，但是更应该博古通今；被人们津津乐道是其固有之义，但是更应该让世人尊敬；自身应该按照原则办事，并且充满自信，但是更应该小心说话，谨慎做事。不过，最为重要的天性与美德是他们的刚正不阿，不偏不倚。摩西律法说："暗地里更换相邻房舍地界的人最终是要受到报应的。"[2]偷换界石的人理应受到处罚，但是法官如果在

---

[1] 罗马天主教会声称，他们有权力解释《圣经》的依据是《新约·马太福音》第16章第19节，也就是耶稣对西门说的那段话："我要给你天国的钥匙，凡是你在地上禁止的，在天上也同样要禁止；凡是你在地上准许的，在天上也同样要准许。"

[2] 参见《旧约·申命记》第27章第17节。

审判诉讼中有失公道的话，那么他就是偷换界石的第一个犯罪人。犯罪的行为只是搅浑了河水，但是误判的行为却是搅浑了水源，因此一桩误判比多桩犯罪还更有害。因此所罗门曾说："姑息养奸的善人就像是污染的井水和浑浊的源泉。"[①]法官的职责涉及诉讼当事人、控辩双方律师、旁听的书记员和执达吏，以及法院之上的君王和政府。这四方面的关系是怎样的，我将做简要的阐述。

第一，关于诉讼当事人。《圣经》说："有些人故意把审判变成苦艾。"[②]一定还会有人把审判变成酸醋。偏袒的话会使审判变苦，而延误时机却会使审判变酸。除暴安良，锄奸扬善是法官的主要职责，这是由于暴行肆虐时可以伤害他人性命，欺诈行骗可以达到谋财害命的目的。对于那些鸡毛蒜皮的小事，法庭应当视其妨碍公务而不予受理。法官首先应该替自己铺平道路，就像上帝填低取高那样整理大道，如此才能做到公正审判。[③]所以，当遇到一方当事人蛮横无理，栽赃陷害，串通一气，使奸要诈，聘请善变的律师，并有强大势力作为后盾的时候，法官的德行就体现在把双方当事人摆放在平等的地位，这样才能公正审判。要知道拧鼻子会拧出鲜血，[④]而榨葡萄用力过大的话，苦涩的核味便会夹杂在果汁中。所以，法官一定要小

---

① 参见《旧约·箴言》第25章第26节。
② 参见《旧约·阿摩司书》第5章7节："你们把审判变成苦艾，把公正和善良却弃之于地。"
③ 参见《旧约·以赛亚书》第40章第4节："填平世间所有的沟谷，削平一切的山冈，让崎岖变得平坦，让曲折变得笔直。"
④ 参见《旧约·箴言》第30章第33节："拧鼻子会拧出鲜血，搅牛奶会搅出黄油，动肝火则会引出争端。"

心行事，不可以模糊地解释法律，更不能勉强地推理论断，因为在世界上最为要命的事情莫过于曲解法律。在解释刑法的时候，法官千万不要把杀一儆百的法律变成随意滥用的酷刑，不能把《圣经》中说的那张罗网铺展在人民的头顶上[①]。刑法如果过度施行，就不啻把法律之网撒向民众。所以，对于刑法中已经不适合现在国情民情的条款，或者长期无人援引的条款，明智的法官援用时应当有所限制。"既要问清案情事实本身，又要挖掘其后的背景，这是一名法官的责任"[②]。所以，法官在审理命案并宣判的时候，应该以慈悲为怀，用仁慈的眼光待人，用严厉的目光处事。

第二，关于控辩双方律师。作为一名法官，耐心而严肃地听取律师的陈述，这应是最起码的基本素质。一名多嘴的法官就像一副噪音无法消除的铙钹。凡事事先探寻律师的陈述，或者为了显示自己的明察秋毫，过多地中止证人和律师的陈述，或者使用提问的方式迫使控方律师提前透露所掌握的情况，这些行为对于法官来说都是有失体面的。法官开庭审案的作用大致有以下四点：一是监督律师向证人取证，二是控制繁长、重复或者无关紧要的陈述，三是概括归纳并核实对案情至关重要的陈述条目，四是做出最后的审判或裁决。凡是超出以上职责的行为都是过度行为，而且这些过度行为往往是由于法官自身夸大其词，不愿意听双方的陈述，或者是缺乏与法官这一神圣职责相匹配的注意力、记忆力和沉着稳定。不过奇怪的是，人们

---

① 参见《旧约·诗篇》第11篇第6节："在恶人的头顶上他要大胆地展开罗网。"
② 参见奥维德《哀歌》第1卷第1首第37行。

总是看到蛮横无理的律师左右着法官,这个时候法官应当效法上帝,就像上帝总是"摒弃傲慢无理的人而施惠于谦卑恭敬的人"一样[①]实施自己拥有的权责。但是更让人费劲的是,有些法官特别喜欢某些知名的大律师,而这种情感的喜好无疑抬高了那些律师的酬金,也使人们怀疑法院的公正性。当诉讼进展顺利并且答辩也很精彩的时候,法官应该使用语言或动作赞赏这位律师,特别是对诉讼中败诉的一方,这样一方面维护了该律师在其委托人心中的名望,另一方面也使他对自己陈述的理由少些自信。如果律师在诉讼过程中使用计谋,玩忽职守,弄虚作假,穿凿附会或者无理取闹,法官应当在众人面前给予适当的斥责。律师不要在法庭上与法官争论,也不要在法官宣布判决以后以不正当的途径迫使案件重新审理。另外,法官审案过程中,不能折中妥协,急于求成,不能让当事人说出法庭不听取他的律师和证人的陈述。

第三,关于法庭书记员和执达吏。法院是一个神圣的场所,因此除了法官席之外,法庭的四面墙壁也不能容许玷污,任何贪赃枉法的行为都要在这里禁止。正如《圣经》所言:"在荆棘丛中是采摘不到葡萄的。"[②]而如果法院的职员接受贿赂,那么法庭也就变成了一片荆棘,由此是不可能结出味道甜美的果实的。法院的职员最容易受到四种恶势力的影响。第一种是讼棍,他们为了谋求私利,专门挑起诉讼。这种人虽然可以促进法院数量的增加,但是却使得国家日渐衰落。第二种是总是想

---

① 参见《新约·彼得前书》第5章第5节或者《新约·雅各书》第4章第6节。
② 参见《新约·马太福音》第7章第16节。

方设法使得法院陷入司法管辖权争议的政客。这种人往往是法院的寄生虫，而不是法院的朋友。他们为了自己的利益，大肆鼓吹扩大司法的管辖权范围。第三种是被视为"法庭的左手"①的人，这种人奸诈多端，满腹阴谋，凭借其狡辩的能力颠倒是非，误导法庭的审判，使得审理误入歧途。第四种是以敲诈勒索诉讼费为生的卑鄙小人。人们曾经把法院比作灌木林，在这些家伙的身上可谓体现得淋漓尽致，因为来这片灌木林中躲风避雨的羊，或多或少会留下一些羊毛。但是在另一方面，一名熟悉案例，并能谨慎言行的法院职员，可以成为法官的审理案件中的得力助手，甚至还能为法官提出重要的建议。

第四，关于与君王和政府的关系。人民的幸福是最高法律，这是罗马十二铜表法中的最后一条，任何一名法官都应当谨记。同时，法官们还应该意识到，**如果法律无法保障人民的幸福，那么它就是为难人民的丑恶例规，是不会得到神灵启示的恶谕**②。因此，政府和君王如果能与司法者经常协商，而司法者也能经常同政府和君王商量，这是一个国家的最大幸运之处。君王、政府主动与司法者相互协商，总是建立在司法对政治事务有所妨碍的时候，而司法者积极与君王、政府相互商量，无非是政府的某些措施对法律的实施有所不利。一般而言，引起诉讼的争端往往只是归属权的问题，但是这些争端的后果很有可能涉及国家的核心问题。我这里所说的核心问题，不仅仅是指

---

① 在此处是用来比喻左右法院公正审判的人，因为蒙着双眼的正义女神，右手拿着宝剑，左手持着天平。
② 这个比喻十分恰当，在古罗马时期，就出现了贿赂祭师来得到令其满意的神谕的现象。

君权，还包括任何可能导致重大变故和危险的事件，或者事关大部分国民的重大问题。毋庸置疑，公正的法律与合理的国家政策之间，是不会有任何抵触的，因为这两者就像是精神和肉体一样，应该协调一致。法官们还应该时刻铭记，有两座雄狮时刻护卫着所罗门王的宝座。[①] 法官也应该像雄狮一样，但是也要知道自己仍是王座下的雄狮，其言行举止应该谨慎，不能在任何场合和时刻妨碍君主权力的实施。此外，对于自己的授权，法官们应该熟知于心，只有这样才能明确自己的职责——精确而明智地运用和实施法律。他们也应该记得，圣保罗在谈到一部更伟大的法律时说："虽然我们知道这法律的产生符合上帝的旨意和人民的要求，但是最为关键的还是司法者要依法实施。"[②]

[①] 参见《旧约·列王纪上》第11章第18~20节。
[②] 参见《新约·提摩太前书》第1章第8节。这句引用语的后文是："因为这法律并不是为好人制定的，而是为……"

爱　情

爱情和智慧是不能同时得到的。

人生就是一个舞台，爱情在上面扮演一个极其重要的角色。因为在舞台上，恋爱是长期可以供给喜剧的材料，有时也可以供给悲剧的材料；但是在人生中，恋爱只会招致祸患。它有时候像一位感人的美女，有时又像一位复仇的女神。你可以见到，一切伟大的人物中，无论是古人今人，只要是其盛名仍在人的记忆中的人，没有一个曾被爱情弄到疯狂的地步。由此可见，宏伟的事业和高贵的心灵都可以有效抵制这种近乎疯狂的爱情。

不过，并非所有的历史伟人都能逃过这种愚蠢的激情，这里就有两个例子除外；一个是曾经统治过半个罗马帝国的马尔库斯·安东尼[1]，一是曾经当过罗马执政官及立法官的阿皮亚斯·克劳狄乌斯[2]。前者无疑是个好色而无度的人，但是后者却

---

[1] 安东尼曾经与屋大维势力相当，统治着罗马帝国的东方各省，后来由于迷恋埃及女王克娄巴特拉七世，最终引来了杀身之祸。
[2] 阿皮亚斯·克劳狄乌斯（前5世纪），由于试图奸污少女维尔吉尼娅而招来杀身之祸。

是一个严肃而明智的人。所以，对于爱情来说，没有一处是它不能到达的。它不但可以钻进天真开朗的心扉，而且还会在你疏忽大意的时候闯入心灵的禁地。

伊壁鸠鲁有一句很经典的话正好反映了上面的情况，即"对于我们俩来说，互相就是一幕看不够的戏剧"，①这话的意思好像是说，仰望上天和崇高事物的世人其实可以无所事事，只要对着自己的一个小小偶像顶礼膜拜就行了，使得自己成为它的奴仆。虽然这种奴仆不是只满足于吃喝的牲畜，但仍然是眼睛的奴隶，而上帝给予人类眼睛是为了让人类追寻更加崇高的目的。当人们注意到爱情的放纵以及它对事物的本质、价值视而不见时，内心的那种匪夷所思是不难理解的。由此可见，漫无边际的夸大其词唯独适用于爱情，并不适合人类生活中的其他方面，即使那句最为出名的话"世间的一切恭维者都知道，自己是最讨自己喜欢的恭维者"也不例外。

虽然这种说法大致符合实情，但是却不包括热恋的人在内；因为热恋者对所钟情的人的恭维程度远远超过了最自傲的人对自己的完美评价，所以古代的智者说得好："**爱情和智慧是不能同时得到的。**"热恋中的人对自己的这个弱点并非视而不见，其实大多数被恋者自己心里也很清楚。当然除一种情况例外，那就是被恋者与热恋者互相爱恋。人们总是相信世界上存在一条基本法则，那就是爱情总能得到回报，要么是得到爱恋对象的

---

① 根据塞内加《道德书简》第7篇记载，伊壁鸠鲁的这句话是对一位哲学家朋友而说，并不是对异性情人所说的。

倾情，要么得到长久积累于心的蔑视。因此，人们在对待爱情时应该有更多的理性，不要被爱的激情夺走一些东西，甚至丧失了自我。至于人们在爱的激情面前会丧失什么，古代有位诗人在他的诗歌中说得很明白：帕里斯更喜爱海伦，因此放弃了赫拉和雅典娜的礼物；①因为一切把爱情看得重于生命的人都会放弃财富和智慧。当人们遭受困境的时候，还有人们过着事业辉煌、安定快乐的生活的时候，人性是最为软弱的，往往爱情就会频繁出现。不过，在人的背运倒霉情况下产生的爱情往往被人们忽略。其实，这两种时候都非常容易点燃爱情之火，并且使其燃烧得更加旺盛。由此可见，爱情确实是人性愚蠢的产物。

如果有人不得不接受爱情，并能把爱情摆放在人生中的适当位置，使得事业和爱情截然分开又相互协调，那么这个人算是处理爱情问题的高手了。如果爱情和事业相互纠缠，那么势必影响个人的时运，使人们无法完成自己的目标和任务。

军队里的人为什么大都好色多情，我对这个问题一直感到奇怪。也许，这与他们喜欢吃喝一样，冒险的生活总需要某种娱乐作为报酬。爱他人是人的天性中一个不可或缺的倾向；因此，如果没有只爱个别人或某几个人的自私的爱，那么爱终将会普及于每一个人身上。这样的话，人们都会像隐居的修士一

---

① 根据希腊罗马的神话传说，天后赫拉、爱与美之女神维纳斯和智慧女神雅典娜互相争美，后来请求特洛伊王子帕里斯帮她们裁决，三个女神分别以财富、天下最美的女人和智慧行贿，最终帕里斯由于偏袒维纳斯而获得美女海伦，于是便引起了特洛伊战争。

样，具有仁慈高尚的品格。夫妻之间的爱情使人类的种族不断延续下去，朋友之间的关爱使人类不断完善自身，但是荒淫无度的爱则会使人类堕入无底的深渊。

有 息 借 贷

> 必须辛苦劳作、汗流满面时，才能有面包吃。

有息借贷曾经被很多人巧妙地批判过。[①]有人说放债竟让魔鬼得到了上帝的份额，即十分之一，[②]这真是一件悲惨的事情。有人说依靠放债获取利息的人是不安分的人，因为他们每周都在赢取利益[③]。有人说依靠放债获取利息的人就好比维吉尔所说的那种雄蜂，而维吉尔在诗中写道：一定要把那些雄蜂赶出蜂房，因为他们从不劳作，还要分享劳动成果[④]。有人说依靠放债获取利息的人冒犯了上帝的第一条法律——亚当夏娃堕落后，上帝为人类制定的——即"**必须辛苦劳作、汗流满面时，才能有**

[①] 有息借贷的产生可以追溯到很久之前，但是自从它产生起就被人视为不正义的举止。英王亨利八世在位期间使得有息借贷变得合乎法律法规，并且规定最高的利率是10%。亨利八世的儿子爱德华六世取消了这个规定，并且严格禁止有息借贷。后来伊丽莎白一世又恢复了亨利八世的法规，但是人们仍然对有息借贷的合理性争执不下。

[②] 根据《旧约·利未记》第27章第30~31节中的"什输其一"法的规定，只要是大地所生产的（其中包括粮食瓜果牛羊等），其十分之一都属于上帝。因此，西欧教会便根据这一点从8世纪开始向人们征收"什一税"。

[③] "摩西十诫"的第七诫就是守护安息日，停止一切劳作，参见《旧约·出埃及记》第20章第8~11节。

[④] 参见维吉尔《农事诗》第4卷168行。

面包吃"，①而放债的人只是让别人出汗而自己却吃面包。有人说依靠放债获取利息的人全都应该戴上黄色的帽子，因为他们早就变成了犹太人。②还有人说用钱生钱，这是违背上帝意愿的。③像这样的批判太多了，在此不一一列举。然而，我认为有息贷款是一种对人们不肯借钱给他人的让步，因为在生活中相互之间借钱是不可避免的事情，而通常人们又不甘情愿地借给他人钱财，于是有息贷款算是一种补偿而得到人们的认可。另有一些人对银行、个人财产申报及其他新的举措提出了许多新的建议和主张，但是几乎没有人对有息贷款提出过任何有实质意义的意见。我认为最好的办法是，将有息贷款的好处与弊端都彰显出来，使大家能够谨慎有效地利用其好处，而避免陷入更加糟糕的境地。

有息贷款确实存在一些弊端，大致有以下几点：其一是减少了商人，要知道如果没有借贷这种行业，货币就会被更多地运用于商业贸易而不是静静地躺在钱箱里不动，而商业贸易却是一个国家的经济命脉；其二是使得商人们日渐堕落，就像农场主如果能够收取高额的地租就放弃经营土地一样，商人们既然可以放债收取利息，那么他们就不会专注于商业贸易上；其三是前两者的必然结果，那就是由于商业的兴衰与税收的涨落成正比，于是国家或君王的税收将极大减少；其四是一个国家

---

① 根据《旧约·创世记》第3章第19节记述，上帝对即将被驱逐出伊甸园的亚当说："你必须辛苦劳作并且汗流浃背才能有面包吃。"
② 在中世纪时期，欧洲的许多国家规定犹太人必须戴一顶黄色的小帽，另外犹太人中有很多放债来获取利息的人。
③ 这是亚里士多德在他的著作《政治学》中所论述的观点，莎士比亚在他的著作《威尼斯商人》中也对这个观点进行了详细生动的阐释。

的财富最终集中在少数几个人手中，因为放债人总能获得高额利息，而借债人返还本息的机会有限，于是慢慢地所有的财富便汇集于少数人手中，而财富的分配不均就可能导致国家的衰落；其五是使得土地的价格不断下降，这是因为钱财通常用来购买田地和用于商业往来，而有息贷款使得它们都受到阻碍；其六是严重地妨碍了改革创新和工厂企业的发展，因为要是没有有息贷款，钱财一般会在这些方面发挥积极作用；最后一点是有息贷款将使得大部分人破产，从而导致全民贫困的局面形成。

但是，换一个角度来看，有息贷款也是有其好处的。首先，虽然它在一定程度上限制了商业贸易的发展，但是它却在另一方面促进了商业的发展。毫无疑问，现在的大部分商业贸易都是依靠有息贷款，而获得资金的年轻人在从事，所以如果放债人立即要求还清借款或者不再借出资金，那么商业贸易将会马上停止。其二，如果这种有息贷款，帮助借债人救急的话，他们很快就会破产，因为一时之急的困顿可以使他们以极低的价格变卖资产。所以，有息贷款虽然盘剥着他们，但是不景气的市场却会使他们全军覆没。即便借债人抵押典当，也是无济于事的。因为受押人或者拒绝接收没用使用价值的物品，或者迫切希望抵押人无法赎回这些物品。我曾经记得有位乡下富豪就说："赶紧让这讨厌的有息贷款消失吧，要不是它我早就得到了向往已久的物品和房契。"最后一点是，不付利息就想得到资金简直就是白日做梦，且限制借贷的做法也会直接导致不良的后果，因此那些一直想要取消借贷的人只是徒劳而已；加之现在的国家都采用借贷的形式，只是利率和种类有所差别，因此真正想要取消借贷是不可能的事情。

既然无法取消借贷，那么现在就谈谈如何改进和规范它，尽量避免其不利的地方而发挥其有用的优势。通过上文的论述，从中可以看出有两点迫切需要改进：一是要限制出借人的利息数额，使其放松对借债人的盘剥；二是要鼓励发展公开借贷的方式，让有钱人借给商人资金，从而促进商业的继续发展。如果想要做到这一点，必须采用两种不同的借贷方式：一是较低利息的借贷，二是较高利息的借贷。因为如果把利息降得太低，一般人都很容易借到资金，那么商人就很难借到钱财了；同时应该看到，由于商业贸易的利润最高，因此商人是极为愿意付出较高利息的，并且自身也能负担得起。

实现上文所说的两点改进，无外乎采取下面的措施：设定两种不同的利率，一是为普通人而设，一是为商人而设。普通利率可以不受限制，但是那些在特定地区从事某种商业活动的人必须设定有限制的特殊利率。因此，首先降低普通年利率，使其降到5%，并且宣布如果按照这个利率放债就不会受到限制，最为重要的是国家一定要保证这种借贷不受到处罚。这一措施可以避免借贷活动的停止，无疑是减轻了无数借债人的经济负担，而且在一定程度上提高了土地的价格，因为购置土地获得的利润将明显高于借贷利息。同样的原因，这也将促进工业的发展和各种改良创新，因为许多人宁愿把资金投入这些方面以获取较高的收益，也不愿获取较低的借贷利息。其次，还应该允许一些人按照较高的利率标准借给已经知道的商人，不过这项举措必须保证做到以下几点：一、这种借款的利息应该低于商人们之前的借贷，从而可以有效减少借贷人的负担；二、放债人应该是货币的实际拥有者而不是银行或者公共资金的保管者，这并不是由于我不喜欢银行，而是因为有些银行活动不能给人带来完全的信任，所以不能授予它们这种权力；三、国家应该对这种特许放债收取一定量的税款，但是务必保证债主可以得到大部分的利润，这是由于放债人不会因小失大。举例来说，一个放债人宁可降低从前的利息，从10%或9%降到8%，也不愿放弃这份收益去做其他存在风险的行当；四、尽管对这些特许的放债人数量可以不加限制，但是必须把他们的活动限制在某些具体的重要商业地区，这样就可以有效制止某些人的投机倒把行为，既不可能发生以较低的利息借入资金，然后又以较高的利息借出资金；因为任何人都不想把钱借给一个远在他方、毫不知情的陌生人。

如果有人站出来反对，说按照上文的措施就是在公开地认可有息贷款，而在之前它只是在局部区域被人偷许默认；那么我只想说一句：对于有息借贷，与其那样偷许默认而导致一些不良的后果，倒不如公开地承认其合法性以便对其加以引导限制，发挥它自身的积极作用。

父　母　与　子　女

选择最好的生活道路，习惯慢慢会使那条路成为合适的，而且走起来心情愉快。

做父母的人经常把欢快和痛苦都隐藏在心底，因为有些感受是不能向子女吐露的，而有些却是他们不愿意说出口的。子女的成长可以使得父母的辛苦劳作看到希望，得到回报，于是父母感到虽然辛苦，但很快乐；但是为了使得子女有更好的前程而过度奔波，也可以使父母的辛苦加重。子女的各种问题伴随着年龄的增长会日益增加，这也会促使父母对生活感到担忧，但是也会减轻他们对死亡的恐惧。动物都能繁衍后代，并不断延续下去，但是能够在生前留下声明、荣誉和事业，却是人类所独有的。

正如人们经常见到的那样，最伟大的功业从古至今都是由一些没有后嗣的人最先开创，这些人由于没有后嗣延续他们的肉体，就倍加努力实现他们精神的再现，所以没有后嗣的人往往最为关心死后的情况了。还没有建功立业就先成家的人大都十分宠爱他们的孩子，他们不仅把孩子看成是种族的繁衍，肉体的再现，而且把孩子当作是他们未完成的事业的继续，因此孩子在他们的眼里，就如同他们所创造的事物一样。

父母对子女之间的关心呵护往往是不平均的，而且有时是不合理的，尤其是母亲的爱更是这样。就像所罗门所说的那样："儿子的聪明使得他的父亲欢乐，儿子的愚笨使得他的母亲蒙羞。"① 人们可以清楚地看见，如果一户人家中有很多子女，那他们当中总是最年长的人受到重视，最年幼的人受到纵容，居于中间的人往往受到父母的忽略，然而往往都是这些居中的子女最有出息。**有些父母在给孩子日常生活的零花钱上过分谨慎，这是一个危害不浅的错误，因为那样会使孩子慢慢地变得卑劣，学会欺诈哄骗，甚至结交一些狐朋狗友，而且等到将来他们有钱的时候也会大度挥霍。所以最好的方法是：父母应该对他们的子女在管理上严格要求，而在日常的零花钱上则给予宽松的待遇。**

人们（无论是父母、教师还是家仆）有一种不明智的习惯，就是当孩子们在童年的时候，就鼓励兄弟之间相互竞争。这种做法的结果往往使得孩子们在成年的时候，兄弟之间的关系不和，并且扰乱家庭，从而破坏家庭的和睦。意大利人对待儿子、侄甥或其他近亲晚辈就比较平等，几乎不分什么远疏亲近，只要他们是本家族的晚辈，即使不是自己亲生的孩子，也一视同仁。说真的，实际上这些孩子们也差不多是一回事，因为我们经常看见某个外甥或者侄子有时候更像他的叔叔、舅舅或另一位近亲长辈，而不像他的父亲，这是家族之间的血脉相

---

① 参见《旧约·箴言》第10章第1节。

通造成的。做父母的应当尽早决定孩子们今后要从事的职业或者学习的相关专业，因为孩子越小，他们的潜在能力发挥的空间就越大；同时父母不要过分尊重孩子的意愿，不要以为孩子现在想做的事情他们将来也会喜欢做。不可否认，如果孩子的爱好或者天赋很不一般的话，那当然是不能阻挡孩子去做他们喜欢做的事情，这是值得欣赏和比较明智的做法。

不过对于大部分人来说，这句谚语倒是更加符合实际情况，那就是："选择最好的生活道路，习惯慢慢会使那条路成为合适的，而且走起来心情愉快。"兄弟中的年幼者通常是比较幸运的，可是假如兄长被剥夺了继承权，那么这种幸运恐怕也将难以维持下去了。[1]

---

[1] 作为弟弟的人，一般都知道以后必须自食其力，因此从小就勤奋好学，并始终保持节约的作风，所以说"幸运"；但是他们如果获得了一大笔遗产，就很快放弃节俭流于奢华，这就是所谓的"福兮祸所伏也"。

结　婚　与　独　身

> 贤妻们为了证明自己的选择是明智的而不是愚蠢的，于是就竭力维护自己的这种婚姻，这大概就是她们的婚姻能够持续下去的原因吧。

建立家庭并有子女的人通常不会做出什么大的成就，因为妻子与儿女是成就大事业的阻碍物，不管他即将从事的事业是善的或者是恶的。毫无疑问，对人民大众最为有利的事业从古至今都是那些没有妻子和儿女的人创造的，这些人在感情上更加依赖于公众，并且用自己创造的价值为公众事业做出了巨大的贡献。但是，就常理来讲，有家室的人对于将来的远景有着更为急切和热衷的关心，因为他们心里明白孩子是生活在将来的，是他们的希望。

世界上有这样一种人，他们自己过着单身的生活，然而无时无刻不在想着自己，认为自己与将来没有关系；世界上还有另外一种人，他们认为妻子儿女是经营人生过程中的必然开销，成立家室是再理所当然不过的了；甚至有一些愚蠢而贪婪的有钱人居然由于没有子女而沾沾自喜，他们觉得这样的话由于没有人花销财产而变得更加富有；也许他们听过这样的话，一个人说"某某人是个大富翁",而另有一人却不同意地说,"是的,他的确有很多钱,但是他必须抚养很多孩子",好像子女会消减那个人的财富似的。不过,为了自由而选择单身不建立家室,也是可以理解的,尤其对那些以自我为中心的人来说,这一点更是如此。因为这种人厌烦一切形式的约束,并对之十分敏感,甚至认为自己身上穿的衣服都是一种束缚。单身的人一般是最好的朋友,最好的主人,最好的仆人,但是并不是最好的臣民,因为他们无牵无挂,很容易逃向另一个国度,差不多所有逃向其他国度的人都是单身的。

僧侣和修士必须过一种单身的生活,因为如果他们建立家室的话,他们就仅仅关爱他们的家人,这样就无法把更博大宽厚的爱施予其他的人。国家的各级法官是否单身不是一个严重的问题,因为如果他们受人引诱并做出贪污受贿的行为,使得他们走上这条路的人多半是他们的同僚而不是他们的妻子。至于军队里的官员士兵,将军激励下属的时候,总是喜欢让他们想到自己的妻子儿女;同时,土耳其人历来对家庭婚姻都不是很尊重,这就导致他们的士兵变得更为卑贱。毫无疑问,妻室儿女对于人类而言确实是对人性的一种磨炼。

单身的人,虽然因为自己没有什么开销而时常慷慨大方地施舍,但是在另一方面他们却更为冷酷无情(更适合做审讯官吏),因为他们的柔情总是处于睡眠的状态。性格严肃庄重的人,常受风俗引导,因而心志不移,所以多是情爱甚笃的丈夫，就像传说中的尤利西斯，年迈的妻子与永生相比，他更愿意选择前者。①贞洁的女人总是很高傲自负，她们的性情强暴不驯顺，好像她们由于贞洁的美德而无所畏惧。作为丈夫的必须很明智，这样才能保证妻子既贞洁又顺从，但是如果妻子感受到丈夫总是猜疑的话，她就会认为丈夫是不明智的人。作为妻子，她是青年男人的情人，中年男人的伴侣，老年男人的护士；所以只要一个人愿意的话，他随时都有娶妻的理由。

但是，有一位被人们尊奉为智者的人另有一番别论，人们问他应当什么时候娶妻的时候，他说："年轻的人还不应当，年老的人全不应当。"②人们经常看到奇怪的现象，那就是庸俗的丈夫总能娶上贤惠的妻子，也许是因为这种丈夫的好处偶尔出现的时候更显得难能可贵，或者也许是因为做妻子的为自己的耐心而自豪。但是，只要贤妻们没有经过亲朋好友的同意而擅自选择那些庸俗的丈夫，这样的婚姻基本上是不会失败的。贤妻们为了证明自己的选择是明智的而不是愚蠢的，于是就竭力维护自己的这种婚姻，这大概就是她们的婚姻能够持续下去的原因吧。

---

① 根据《荷马史诗》记载，在从特洛伊返回家乡的路途中，尤利西斯曾经在一座岛上被围困了好长时间，该岛的女神卡吕普索愿意嫁给他并一起与他共度人生，但是尤利西斯拒绝了这一切，最终回到自己的家乡与妻子团聚。
② "智者"是指古希腊的哲学家泰勒斯（Thales，约前624—前547），传说他的母亲屡次劝说他赶紧结婚，但是他总是找各种借口回绝，年轻的时候说是太幼稚，年长的时候又说太老迈。

习　惯　和　教　育

性格上的倾向在很大程度上决定了人的思维发展，经常接受的知识和主张决定了人的言论内容；但是长期形成的习惯则决定了人的行为方式。

性格上的倾向在很大程度上决定了人的思维发展，经常接受的知识和主张决定了人的言论内容；但是长期形成的习惯则决定了人的行为方式。所以，马基雅维利认为，性格的力量不能轻易相信，言辞的豪迈也不能轻易相信，除非它们已经被习惯证明。[①]

一位史学家曾经说过一则事例：如果想要使刺杀君王的阴谋取得成功，主谋千万不能只凭行刺者的残暴性格或犀利言辞就轻易地信赖他，而是应该挑选一名早已沾满鲜血的杀手。

然而，马基雅维利没有想到会有位克莱芒，没有想到会有位拉

---

①　这种说法参见《论李维》第3章第6节，马基雅维利在这一节中谈论了刺杀君王的许多难处。

瓦亚克，没有想到会有位若雷吉，也不会想到会有位热拉尔。①但是尽管如此，他的话大体上还是正确的，性格的力量确实没有习惯的力量强大，只是我们对于誓言的力量不应低估。现今的宗教活动此起彼伏，导致从来没有见过血迹的人，杀起人来丝毫不逊于职业的屠夫。在行刺暗杀方面，誓言的力量已经与习惯的力量等量齐观。不过在其他方面，还能经常看到习惯的支配地位；所以你会发现，尽管有宣誓、许诺、保证等，人们还是会一如既往地按照旧有的习惯行事，好像他们是习惯的傀儡，任凭习惯驱使。

此外，习俗惯例的力量在生活中随处可见，它的影响范围之大、程度之深，使得见识过它的每一个人感到不可思议。印度的天衣教②信徒居然能够平静地躺卧在干柴之上，然后点火自焚③，不仅他们如此，连其妻子也大部分都追寻着丈夫的轨迹一起葬身火海。古代的斯巴达有一种奇怪的习惯，男孩总是在狄安娜的祭坛上接受鞭笞，甚至一声不吭地接受残酷的暴打④。在伊丽莎白女王时代，我记得有一位爱尔兰叛逆者被判死刑，他曾经给总督上书，要求执行死刑的时候不要用绞索吊死他而是

---

① 克莱芒（Jaques Clement，1564—1589）在1589年刺杀法王亨利三世；拉瓦亚克（Francois Ravaillac，1579—1610）在1610年刺杀法王亨利四世；若雷吉（Jaureguy）在1582年行刺奥伦治亲王威廉没有成功；热拉尔（Baltazar Gerard，1558—1584）在1584年在若雷吉之后刺杀威廉成功；上文所说的这些刺客都不是职业杀手，这几起有名的谋杀全都发生在马基雅维利（1469—1527）去世很多年以后。
② 天衣教（Gymnosophist）是印度耆那教（Gina）的一个派别，除耆那教正统的苦行主义和"三正五戒"外，该教派还主张裸体、不穿衣服，靠乞讨为生。
③ 这是培根的误解，因为反对祭祀是耆那教的特征之一。
④ 这种鞭笞的主要目的是为了锻炼意志。古代斯巴达男子从7岁起，就要接受这种严酷的训练，18岁接受军训，20岁成为一名军人，30岁结婚以后的大部分时间也是在军营，直到65岁才得以退伍。

用藤条，因为按照爱尔兰的惯例，叛逆者处以绞刑的话一般都使用藤条。为了赎罪，俄罗斯的东正教徒会在盛满凉水的大盆里坐上一夜，直到整个身体被冻住。习俗对人的精神和肉体的强大作用，我们还可以举出更多的例子。从中可以看出，既然习惯的作用这么重大，能够主宰人的生活，那么我们必须努力培养良好的习惯。

毫无疑问，在青少年时期形成的习惯是最为良好的。我们把这种早期形成的习惯称之为教育。就我们所知道的而言，青少年的舌头更为灵活，四肢也较为柔软，因此他们很容易模仿各种声音的腔调，极易学会各式各样的运动项目，而成年人在这些方面却稍逊一筹。尽管有些聪明智慧的人，从来都不是一成不变的，他们始终可以保持灵活机动的状态，随时随地学习能够促使他们更加完美的东西，但是这样的人在现实生活中非常罕见。如果说个人习惯力量的单纯独立，已经使其彰显出不小的力量，那么相互结合而成的集体力量则非比寻常，因为在集体中竞争的鞭策、荣誉的指引、榜样的教导和同伴的鼓励促使习惯的力量不断增强。毋庸置疑，想要增加人类习性中的优点和长处，要把重点放在社会各团体①的严明规章和纯正风气上，因为政府和国家不去改良形成美德的种子，而只是一味地鼓励已经形成的美德；但是现在这种培育美德种子的有效手段，正被用于各种非道德目标的实现，真是让人感到可悲可叹。

---

① 这里的社会团体（societies）是指各种教会教派以及在其控制之下的学校。

残　疾

> 由于精神世界的建立需要发挥人的主动性，不像肉体那样只能听天由命，因此后天的修养和德行可以有效地改变性格倾向。于是，千万不要歧视身有残疾的人，而是应该把他们视作有精神动机的人。

身有残疾的人总是向造物主抱怨。既然造物主对待他们的命运不公正，那么他们也会对造物主不仁不义。由于大部分残疾的人"缺乏自然亲情"，[①]所以他们待人接物都怀着深深的报复之心。

毫无疑问，精神与肉体应该是一个和谐的平衡状态，因此当造物主在一方面酿成差错以后，另一方面也一定会出现问题。**但是由于精神世界的建立需要发挥人的主动性，不像肉体那样只能听天由命，因此后天的修养和德行可以有效地改变性格倾向。于是，千万不要歧视身有残疾的人，而是应该把他们视作有精神动机的人。**那些总是觉得遭人轻视的残疾人，他们身上

---

① 参见《新约·罗马书》第1章第31节。

始终存在一股永恒的动力以此来避免其他人的白眼。于是，我们经常会发现，残疾的人都非常勇敢，这种勇敢可能最初只是为了进行自卫，尤其是遭到别人嘲弄的时候，但是时间一长就形成了一种习性。

身体的缺陷，还能够激起残疾人发奋图强，尤其是善于观察他人的弱点，这样便可以发现实施报复的地方。另外，残疾人能有效地消除别人对他们的嫉妒，因为他们在常人眼中无非是被人轻蔑的对象；残疾人还可以使得竞争对手放松警惕，因为后者不相信残疾人的能力能够正常发挥，直到他们亲眼看到为止。总而言之，生理缺陷对于一个富有智慧的人来说，是他升迁的有力推动因素。

古代和现代某些国家的君王经常恩宠身边的亲信，因为妒忌一切的宦官们更愿意效忠并服从君王一个人；君王对于他们的宠信，就像是把他们看作自身的耳目，而不是把他们当作正常的官员。

残疾人的情况与宦官很类似，他们的共同之处在于，如果自身的能力允许的话，他们将竭尽全力地消除别人对他们的蔑视，而采用的手段不是善良的就是邪恶的。所以，如果你碰到的残疾人原来是杰出的人物，那么不用感到惊奇，要知道他们当中已经有过斯巴达国王阿偈西劳、苏里曼一世之子桑格尔[①]、寓言

[①] 桑格尔的绰号是"驼背"，另外可以参见本书《论帝王》中关于苏里曼一世的注释。

大师伊索[1]和秘鲁总督加斯卡[2],恐怕连苏格拉底和其他一些人也都属于他们的行列吧。[3]

---

[1] 根据13世纪发现的一部手抄本《伊索传》记述,伊索的形体十分丑陋。
[2] 加斯卡(Gasca de la Pedf0,1485—1567),西班牙的天主教教士,1547年被派遣前往秘鲁,负责殖民地的秩序恢复,1548年打败叛敌皮萨罗并将其处死,1550年返回西班牙担任锡古恩萨及帕伦西亚主教。传说这个人的四肢比一般人要长很多。
[3] 苏格拉底的相貌很丑,但是他并不是残疾。

辞 令

沉默慎言胜过善于雄辩，所以在和人交谈的时候，能够倾听比侃侃而谈更重要。

与辨明真伪的判断能力相比，有些人容易更喜欢在言谈中流露出的妙语趣言；好像语言的表达方式更为受到青睐，而所表达的内容却无关紧要。有些人对一些老生常谈的话题津津乐道，并总是能就其中的一些问题侃侃而谈，但是发挥和创新的余地几乎没有。这种单调的言辞一般都显得比较沉闷，而且人们一旦发觉就会笑其荒唐。善于言谈的人一般都能提起话茬，并在适当的时机缓和氛围并转移话题，这样的人算得上是谈话中的指挥者。我们在与人交谈时，最好能够抑扬顿挫、舒缓张弛，比如在时事中加以论证，在陈述中辅以推理；一会向他人提出问题，一会解答别人提出的问题；有时态度严谨，有时语气调侃，因为如果总是用一种语气陈述会让人感到索然无味，就像人们现在喜欢说的那句"真没劲"。说到调侃，我们必须注意有些事情或人物是不能调侃的，比如伟人、国家事务、宗教以及一切人的当务所急和任何值得怜悯的疾病；不过，总是有些人认为言辞如果不刻薄的话就不能显示其风趣，这是应该阻止的一种倾向。

小伙子哟，请少用鞭子，多拉缰绳。[1]

最为重要的是，听话人一般都能分辨出哪是尖刻哪是风趣。所以，那些喜欢嘲讽别人的人应该记住，你的言辞可能会使得他人惧怕，但是你也应该顾虑到被嘲讽人的记忆。**交谈中善于提问的人不仅自己会从中获得益处，而且也可以使他人得到满足**，尤其是所提问题是对方的专长的时候，因为在这种情况下，对方非常愿意回答他的提问，而他也收获了不少知识；但是所提问题的难度应该保持在一定范围之内，因为过于难解的问题只适合老师考问学生。如果是担任座谈的主持人，那么务必要保证每一个人都有说话的机会；如果有的人谈论得滔滔不绝，就应该设法转移话题，引入其他人也加入其中，**就像当年乐师们对加利亚舞舞迷所采取的措施那样**[2]。如果你对自己所懂的事情偶尔假装不知，那么下次你对不懂的事情保持沉默，别人也会认为你懂。我们在交谈中应该少提及自己，说到自己时一定要谨慎小心。我认识一个人，他喜欢说一句风凉话："**过多地谈论自己的人也一定是一个智慧的人。**"只有在谈论另一个人的优点时，既可以称赞自己又不会有失体面，尤其当这种优点说话人本身也具备之时。谈话当中如果涉及议论某些人，应当避免针对具体的个人，因为交谈应该像一片原野那样阡陌交错，没有一条专门的道路直达某人。我曾经认识两位贵族，他们都是英格兰西部人，其中的一位喜欢嘲讽别人，但是却总

---

[1] 参见奥维德《变形记》第2章第127行。
[2] 加利亚舞（galliard）是一种轻松、活泼的三节拍双人舞，1541年从法国传到英国，在伊丽莎白时代曾经十分流行，跳这个舞蹈的人一般不会感到疲倦，于是乐师们经常主动变换舞曲来照顾他人。

是在家中设宴招待客人；而另一位总是喜欢询问去前者家中赴宴的人："你说句实话,难道没有在其间受到他的嘲讽挖苦？"这些客人们经常回答有此类事情的发生,于是问话的这位经常会说："我早料到这桌丰盛的佳肴会被他糟蹋掉。"**沉默慎言胜过善于雄辩**,所以在和人交谈的时候,能够倾听比侃侃而谈更重要。那些只善于滔滔大论而不能随机应答的人,显得稍微反应迟钝；善于随机应答但是又不能畅谈不决的人,显得有些浅薄无知。这就好比人们在动物界所见的那样,不善于长时间奔跑的多善于扭转自身,就好比猎犬和野兔的分别。在谈论要点之前铺陈太多会让人感到厌烦,但是没有一些铺陈又显得过于生硬。

青 年 与 老 年

> 你们的青年人要看到奇异的景象,老年人要做奇异的睡梦。

青年人也可以变得稳重老成,只要他没有虚度光阴,然而这样的人毕竟是少数。一般而言,青年好像是刚刚形成的想法,与经过仔细考虑的见解还是有一定的差距。正如在年纪上存在青春时代,在思想的历程上也有幼稚的时期。与长者相比,年轻的人具有旺盛的创造力,他们的头脑中会不断涌现出各种各样的想法和观点,而且他们对于灵感的捕捉也远远胜过年长者。但凡生性容易恼怒,性格奔放且欲望很强烈的人,都要等到过了中年之后才能取得较大的成就,恺撒和塞维鲁这两个人就是最好的例证[1];对于塞维鲁,曾有人说他年轻的时候不拘小节,甚至有些疯癫猖狂;[2]然而他在罗马的历代皇帝中几乎可以说是最有作为的一个了。有些性格稳重的人,他们在年轻的时候就可以有所建树,比如罗马皇帝奥古斯都、佛罗伦萨大公科西

---

[1] 恺撒42岁(前58)就担任了高卢的总督,51岁(前49)便夺取了罗马的政权,52岁才彻底打败庞培,当上终身的独裁者;塞维鲁也是等到年老的时候才当上罗马皇帝,这些都是大器晚成的例子。
[2] 参见斯巴提亚努斯(Spartianus)的《塞维鲁传》。

莫，以及勒莫尔公爵加斯东等等。[1]但另一方面，年老的人如果能保持青年般的热情开朗，那么这对于事业来说是一件极为有益的事情。青年人更擅长创造而不是判断，更适合实施新的措施而不是墨守成规，更适于执行命令而不是整体决策；而老年人由于具备丰富的经验，所以但凡经验之内的事情，他们都做得得心应手，但是遇到新情况时就有可能不知所措，甚至误入歧途。青年人一旦出错的话，往往可以导致事情的全盘毁灭，但是年长者的失误仅仅导致本来可以做得更多更快的事情，现在做得少点慢点。

在指挥行动和实施计划方面，年轻人经常会鲁莽地奔向目标，而不具体考虑实施的办法和方式。由于他们的好大喜功和不自量力，往往只是把他们偶然发现的某某主义直接套用上去。在整个目标实现的过程中，青年人求变心切总是产生一些不必要的麻烦，而在纠正错误的时候却贸然使用极端的手段，这样最后的结果往往错上加错，无法悔改。青年人在此就像一匹没有经过训练的战马，不知道什么时候转弯，也不知道什么时候停止。与此相反，老年人对待事情往往犹豫不决，一再商议讨论。一件事情在他们手里很难迅速麻利地完成，由此错失的机会非常多，后悔自然也是常有的事情。对于任何任务的完成，他们不愿意追求更为完美的结果，甘愿平庸做事。毋庸置疑，任用人才应该老少皆用。这样做的话有益于短期的发展，因为

---

[1] 奥古斯都在公元前30年时就打败了安东尼，后来就成了实际上的罗马统治者；科西莫（Cosimo de Medici, 1519—1574）在18岁的时候就当上了大公；而法国的勒莫尔公爵加斯东（Gaston de Foix, 1489—1512, duc de Nemours）也是在年轻的时候当上了法国驻意大利军队的统帅，因为其用兵神速而被后世铭记。

老少双方的优点可以弥补各自的不足；对长远的发展也很有利，因为青年人可以从老年人那里学到很多东西。此外，由于年长者的经验具有权威性，再加上青年人总是受到欢迎，这样他们的结合可以有效地处理民间事务。至于在道德风貌方面，青年人应该发挥主要的作用，就像年长者在政治领域占据主导地位那样。有位犹太拉比①在讲**"你们的青年人要看到奇异的景象，老年人要做奇异的睡梦"**②这句经文的时候，明确地指出青年人比老年人更加接近上帝，因为奇异的景象比奇异的睡梦更能启示人们。

毋庸置疑，人们活得越是长久，在俗世中就陷入得越深。岁月只是使人增加为人处世方面的能力，而对情感方面的美德丝毫没有作用。大千世界中的人，有的很早就成熟了，然而这些过早成熟的人也往往容易早衰。这种早熟早衰的人大致有三种：第一种是年轻时才智聪明绝顶的人，但是很快就才智枯竭了，比如修辞学家希摩热内斯，他写的修辞学著闻名遐迩，但是随着时间的推移他自身却慢慢变成了愚钝之人。③第二种人生来就具有某种气质，但是这些气质仅仅为青春添加些色彩而不能为老年增加光辉，就像说话的声音优美且修辞华丽，但是这些仅仅适用于青年人而非老年人。所以，西塞罗评价奥滕修斯时说："尽管他的风格还是原先那样，但是那种风格很明显已经

---

① 这里是指著名犹太神学家阿卜拉巴勒（Issac Ahrabanel，1437—1508）。
② 参见《新约·使徒行传》第2章第17节；《旧约·约珥书》第2章28节也有这句话："你们的老年人要做奇异的睡梦，青年人要看到奇异的景象。"
③ 希摩热内斯（Hermogenes）是2世纪的希腊修辞学家，他所著的修辞文曾经被广泛地用作教科书，据说他在25岁的时候就丧失了记忆。

不适合他。"[1]第三种人在建功立业之初就已经名声大噪,但是后来却很难维系这赫赫的声名,比如大西庇阿就属于这种人物,李维对他这样评价:"他早期的功绩盖过了他后期的作为。"[2]

---

[1] 参见西塞罗《布鲁图斯》第95章。奥滕修斯(Quintus Hortensius,前114—前50)是古罗马雄辩家、律师,他在"维列斯审判"中作为西塞罗的辩论对手而出名。
[2] 参见李维《罗马史》第38卷第53章。大西庇阿(前236—约前184),20岁时任军团副将参加著名的"坎尼战役",在第二次布匿战争中担任古罗马的主要将领,34岁时由于率军攻占迦太基结束第二次布匿战争而获得"阿非利加征服者"的称号。后来他遭遇到奴隶主民主派的不断攻击,便愤然离开了罗马,直到去世一直在故乡隐居。

门 客 与 朋 友

> 真正的友谊其实并不多见，而在利害关系中的友谊更是罕见。

不要笼络身价太高的门客，如果那样做的话，你就像一只孔雀，虽然长了尾巴，但是却短了翅膀。这里所说的身价太高不是仅限于那种花费大量钱财的人，也指那些唠叨纠缠和使人厌倦的人。主人一般会提供赞助、推荐和庇佑，除此之外，门客不应该再提出过高的要求。对于那些喜欢拉帮结派的门客，主人们更是应该避而远之，因为他们来投靠你的门下并不是因为对你的仰慕，而是对另外的一些人心怀不满和怨恨。倘若你收留了他们，会有一系列的我们常见的大人物般的误会接踵而至，使你不得消停。那种爱吹捧主人的门客也会带来不少麻烦，因为他们一味地吹嘘却忘记了保密，结果往往适得其反，不仅使得主人的名望受损，还给主人招来许多不必要的嫉妒。还有一种门客也很危险，他们善于打听主人家的秘密，并将这些秘密告诉外人。然而，这种人就像是潜伏的间谍一样善于伪装，总是能受到主人的宠信。因为他们非常殷勤且善于恭维，经常告诉主人他们用主人家的秘密去换取的外人秘密。

某位大人物总是被一些与其职业身份相符的人追随,这是司空见惯的事情;即使在君主制国家也是普遍存在的。但是,在这样的大人物中,那种想要提升追随者的美德的人是最为可敬的。如果追随者们的德行没有明显的差异,那么宁愿收留才干平平的人而不是那种精明能干的人。毫无疑问,在这个人心不古的时代,积极行动的人远比德才出众的人更能受到重用。①当然,对于政府中的同级官员,君王应该公平对待,这是历朝历代的规定。如果君王不顾及旧有的惯例,一味地对某人宠爱有加,那么受到厚爱的人一定会骄傲自矜,而其他的官员也会产生不满和怨恨,因为他们有权利要求一视同仁。

然而,豢养门客的情况却与此恰好相反。**主人对门客有亲近远疏之别才是最好的策略,因为这样可以使受器重的人更加努力,使其他人更加积极出谋划策,毕竟主人的欢心决定着一切。**如果刚刚接纳门客,对于任何人都要万分谨慎,不能对他们的意见全都采纳,因为这时你并没有掌握行事的分寸。一旦你陷入被某人牵着鼻子走的境地,那你就非常危险了。因为这种情况显示出你的软弱,这样对你的毁谤就会肆无忌惮。因为由于你的缺点,连平时那些不说三道四的人也大胆地在背后对你横加非议了,这样你的名声很快就会扫地。然而,对于众多门客的意见都听从的话,会比这更加糟糕。因为那样会使得你

---

① 有的英国学者认为,这句让人想到修昔底斯所描述的公元前427年内乱中的希腊(…recalls Thucydides' description of Greece during the civil quarrels of 427B. C.)。这一年,希腊贵族派和民主派的斗争日益公开化,最终民主派获胜。当时民主派有大批的奴隶追随,这些奴隶算是民主派"积极的行动者";而贵族派的追随者中也有不少"才智出众的人"。

的个人意见无足轻重，就像印刷过好多次的样本，只是教改过的东西而已。旁观者清当局者迷，身处山谷谷底的人更能认清庐山的面目，因此听取身边朋友的建议永远都是正确的。**真正的友谊其实并不多见，而在利害关系中的友谊更是罕见。**惺惺相惜，只不过是人们一贯常用的夸张手法；真正的友谊往往存在于地位有差别的上下级之间，这种朋友关系最为稳固，也能够经历风风雨雨，长时间地一路同行。

财　富

在我看来，财富只是德行的一个包袱。

在我看来，财富只是德行的一个包袱。 倘若用拉丁语来表述包袱一词的话，用impedimenta①是最好的选择，因为财富相对于德行来说，就相当于物资对于军队的关系。物资是不能缺少的，但是也不能滞后。物资总是有碍于军队的行进，有时物资过于繁多，导致延误战机并影响最后的胜利。其实，大量的财富没有真正的用处，除了可以吃喝之外，并没有其他真正的用途。因此，所罗门曾经说过："财物越多的话，依靠财富过活的人也就越多；除了能够大饱眼福之外，财富的聚集者又能得到些什么呢？"②任何人的个人生活所需不可能非要巨大的财富才能满足，那些巨大财富的占有者也是只保管财产而已，或者享有富豪的名声，或者拥有施舍捐赠的权利，但是钱财对于他们自身并没有实在的好处。你难道没有看到有些人为了稀有的东西或几颗小石子愿意付出高额的价款？你难道没有看到有些人为了显示自己的富贵而大肆铺张建设吗？不过有的读者会认

---

① impedimenta有"包袱、辎重、障碍"等含义。
② 参见《旧约·传道书》第5章第11节。

为，钱财可以帮助人们减灾灭难，就像所罗门说的那样："在富人的心里，钱财就像是一座城堡。"①不过这句话一语中的，那座城堡在人们的心里，而不是在现实中。毋庸置疑，钱财消灾解难的时候往往不及招灾引祸的时候。**千万不要为了炫耀而去追求财富，你获得财物应该取之有道、用之有方，更应该快乐地施舍、欣慰地放弃**。但是我们也不应该像修道士那样，对金钱不屑一顾，不食人间烟火。只是我们需要注意挣钱的方式和目的，就像当年西塞罗帮助波斯图穆斯辩护的时候所说："他追求财富只是为了能更好地帮助他人，而不是为了满足自己的虚荣之心。"②此外，我们还应该听从所罗门的教诲，不要着急地去聚集财富，"那些着急想发财的人势必会失去自己的清白"。③

在诗人的篇章中，财神普路图斯受冥王普路托差遣时跑得飞快，而受天帝朱庇特派遣时却磨磨蹭蹭。④这些虚构的文字，包含着一个浅显的道理——仅仅依靠汗水和诚实是没有办法很快聚集财富的，但是依靠他人的死亡却可以很快致富。如果把普路图当作魔鬼的话，这种虚构也是十分恰当的：因为当这些财富通过魔鬼获得的时候，其速度之快是非常惊人的。获取财富的手段各种各样，但是大部分都是一些歪门邪道；其中吝啬是最无辜的，但也不是一干二净的，因为它总是妨碍富人施舍

---

① 参见《旧约·箴言》第18章第11节。
② 这句话出自西塞罗的《为波斯图穆斯辩之二》。波斯图穆斯是公元前1世纪的罗马元老院元老、银行家。不过，西塞罗在这里所说的"他"是指他父亲，而不是指波斯图穆斯本人。
③ 参见《旧约·箴言》第28章20节。
④ 古希腊作家卢奇安在他的著作《厌世者泰门》中就描述过这样的幻想。

给予穷人。最合理的生财之道是利用土地，因为大地这个无私的母亲提供了土地上的一切财富，但是利用这条生财之路致富是很缓慢的。但是那些已经非常富有的人，如果愿意在土地上投资的话，他们的财产还会翻倍增加。我曾认识一位英格兰贵族，他每年需要审计的账目是全国最多的，因为他拥有巨大的煤矿、铅矿、铁矿和诸如此类的产业，此外还有大片的麦田、林场、牧场和羊群，所以大地对他而言就是一股源源不断的甘泉，永远不会枯竭。

有人[①]**说他赚大钱比挣小钱容易得多，这句话一点也不虚假**。因为一个人像他那样拥有丰厚的资金，便可以囤聚稀有的物资，然后高价卖出，或者与人合作经营年轻人喜欢游玩的行业[②]，这样的话他一定能够挣到大钱。一般的行业和职业赚的是辛苦的老实钱，其主要的方法有两种：一是勤劳上进，二是诚信买卖。但是依靠讨价还价而获利，这种做法不免让人质疑其公平性。凡是趁他人的急需时刻而任意索要价格，或者贿赂相关人员而招揽生意，或者采用阴险的手段排挤其他的竞争者等等，这些都是奸诈的举动。至于那些购买东西不是为了自己使用，而是伺机高价卖出的投机行为，对于原来的卖主和即将买入的顾客来说，都算得上是一种敲诈行为了。如果商业伙伴比较可靠的话，一起合伙经营一般是可以赢得较大利益的。依靠自有资金进行放贷是可靠的发财之路，但也是最为有害的歪路。因

---

① 指普鲁塔克在他的著作《道德论集》中提到的一个名叫兰庞（Lampon）的富商。
② 指能带来丰厚利益的娱乐业。

为放债的人不仅使得他人劳作而自己却在享受,①而且还在安息日获得额外的利益②。不过,放债获取利息,虽然看起来比较可靠,但其实也是存在风险的,因为为了个人的利益,公证人和中间人总是为没有偿还能力的人担保。如果幸运的话,有些人可以获得某项发明的专利,这也是获得意外之财的方法,那个最先在加那利群岛建立制糖厂的人就是最好的例子。因此,一个人如果可以胜任真正的逻辑学家,既善于判断,又善于发现,③那么他的财运就快到了,尤其是碰到恰当的时机。仅仅依靠固定收入的人,是很难成为百万富翁的,而那些投机倒把的人往往是倾家荡产,一无所有;所以最好的方法就是有一份固定的收入作为投机冒险的后盾,这样即使失败了也有一条退路。如果一个地方没有法律管制的话,那么垄断某种商品并囤聚起来等待某销售是一个不错的致富手段;尤其是当事人可以预见到未来哪种商品供不应求,从而提前将其囤聚起来更是如此。当官享受俸禄固然非常体面,但是如果这样的俸禄是依靠阿谀奉迎、苟且忍受或者其他充当奴仆的方式,那么这种钱财也是最为卑贱的了。至于夺取遗嘱及遗嘱执行人的身份,④这样的行为比前者更为卑贱无耻,因为前者讨好的是君王诸侯,而后者献媚的却是一群卑鄙的小人。

---

① 根据《旧约·创世记》第3章19节记载,上帝对即将被驱逐出伊甸园的亚当说:"你必须付出艰辛的劳动,并且汗流浃背,才能有面包吃。"
② "摩西十诫"的第七诫是应该守住安息日,停止一切劳作;参见《旧约·出埃及记》第20章第8~11节。
③ 法国逻辑学家拉米斯(Petrus Ramus, 1515—1572)在他的著作《逻辑学》第1章第2节中说:"逻辑由两个部分组成:一是发现,一是判断。"
④ 参见塔西佗的《编年史》第13卷42章。王以铸、崔妙因译本(商务印书馆1997年版)把这句话翻译成"那些没有后代的人以及他们的遗产,都逃不出他的网罗"。不过这句话出自塞内加的政敌苏伊里乌斯(Suillus)之口,并不是塔西佗的原话。

不要轻易相信那些表面上蔑视财富的人，正是由于他们对发财早已绝望，所以才蔑视财富的存在；一旦他们发财了，也会惜财如命。不要在小钱上面过于斤斤计较，要知道财富是长有翅膀的，有时候你必须放它们飞走，有时候它们自己也会飞走，从而带来更多的财富。人们经常把财产捐赠给社会，或者遗留给自己的儿女，但是无论哪种方式，其中的数额都必须适当。如果子女们还比较年轻、缺乏经验见识的话，留给他们一份巨大的家业其实是不利的，因为这总能招致歹人对这份财产的觊觎。同样的道理，为了留下虚荣的口碑而捐赠，就像是一份没有添加盐的祭品①，这样的善行就像一个墓冢，虽然外面装饰得光彩照人，但是里面很快就会腐烂掉。②因此，不要用数量作为捐赠的标准，而是要用一个标准来限制捐赠的用途；此外，不要把捐赠拖延到自己病重之际，因为说到底，等快要死的时候才捐赠，这无疑是在显示对他人的慷慨了。

---

① 《旧约·利未记》第2章第13节云："献给上帝的所有祭品都要加盐。"
② 《新约·马太福音》第23章第27节云："你们这班道学先生和法利赛人将大祸临头，因为你们就像一座座经粉饰的墓冢，外表富丽堂皇，里面却塞满了死人骨头和各种污秽。"

附录
评价与生平

罗素对培根的评价
—— 出自《西方哲学史》

弗兰西斯·培根（Erancis Bacon，1561—1626）是近代归纳法的创始人，又是给科学研究程序进行逻辑组织化的先驱，所以尽管他的哲学有许多地方欠圆满，他仍旧占有永久不倒的重要地位。

他是国玺大臣尼可拉斯·培根爵士的儿子，他的姨母就是威廉·西塞尔爵士（Sir William Cecil）（即后来的柏立勋爵）的夫人；因而他是在国事氛围中成长起来的。培根二十三岁作了下院议员，并且当上艾塞克斯（Essex）的顾问。然而等到艾塞克斯一失宠，

他就帮助对艾塞克斯进行起诉。为这件事他一向受人严厉非难。例如，里顿·斯揣奇（Lytton Strachey）在他写的《伊丽莎白与艾塞克斯》（Elizabethand Essex）里，把培根描绘成一个忘恩背义的大恶怪。这十分不公正。他在艾塞克斯忠君期间与他共事，但是在继续对他忠诚就会构成叛逆的时候抛弃了他；在这点上，并没有丝毫甚至让当时最严峻的道德家可以指

责的地方。

尽管他背弃了艾塞克斯,当伊丽莎白女王在世期间他总没有得到十分宠信。不过詹姆士一即位,他的前程便开展了。

1617年培根获得父亲曾任的国玺大臣职位,1618年作了大法官。但是他据有这个显职仅仅两年后,就被按接受诉讼人的贿赂起诉。培根承认告发是实,但只声辩说赠礼丝毫不影响他的判决。关于这点,谁都可以有他个人的意见,因为在另一种情况下他本来要做出什么判决,不会有证据。他被判处罚金四万镑;监禁伦敦塔中,期限随国王的旨意;终生逐出朝廷,不能任官职。这判决不过执行了极小一部分。并没有强令他缴付罚款,他在伦敦塔里也只关禁了四天。但是他被迫放弃了官场生活,而以撰写重要的著作度他的余年。

在那年代,法律界的道德有些废弛堕落。几乎每一个法官都接受馈赠,而且通常双方的都收。如今我们认为法官受贿是骇人听闻的事,但是受贿以后再做出对行贿人不利的判决,这更骇人听闻。然而在那个时代,馈赠是当然的惯例,作法官的凭不受赠礼影响这一点表现"美德"。培根遭罪本是一场党派争哄中的风波,并不是因为他格外有罪。

他虽不是像他的前辈托马斯·莫尔爵士那样一个德操出众的人,但是他也不特别奸恶。

在道德方面,他是一个中常人,和同时代大多数人比起来不优不劣。

培根过了五年退隐生活后,有一次把一只鸡肚里塞满雪作冷冻实验时受了寒,因此死去。

培根的最重要的著作《崇学论》(*Advancement of Learning*)在许多点上带显著的近代色彩。一般认为他是"知识就是力量"这句格言的创造者;虽然以前讲过同样话的也许还有人在,他却从新的着重点来讲这格言。培根哲学的全部基础是实用性的,就是借助科学发现与发明使人类能制驭自然力量。他主张哲学应当和神学分离,不可像经院哲学那样与神学紧密糅杂在一起。培根信正统宗教;他并非在此种问题上跟政府闹争执的那样人。但是,他虽然以为理性能够证明神存在,他把神学中其他一切都看作仅凭启示认识的。

的确,他倒主张如果在没有启示协助的理性看来,某个教理显得极荒谬,这时候信仰胜利最伟大。然而哲学应当只依靠理性。所以他是理性真理与启示真理"二重真理"论的拥护者。这种理论在十三世纪时有一些阿威罗伊派人曾经倡说过,但是受到了教会谴责。"信仰胜利"对正统信徒讲来是一句危险的箴言。十七世纪晚期,贝勒(Bayle)曾以讽刺口吻使用这箴言,他详细缕述了理性对某个正统信仰所能讲的一切反对话,然后作结论说:"尽管如此仍旧信仰,这信仰胜利越发伟大。"至于培根的正统信仰真诚到什么程度,那就无从知道了。

历来有多少哲学家强调演绎的相反一面即归纳的重要性，在这类禀有科学气质的哲学家漫长的世系中，培根是第一人。培根也如同大多数的后继者，力图找出优于所谓"单纯枚举归纳"的某种归纳。单纯枚举归纳可以借一个寓言作实例来说明。昔日有一位户籍官须记录下威尔士某个村庄里全体户主的姓名。他询问的第一个户主叫威廉·威廉斯；第二个户主、第三个、第四个……也叫这名字；最后他自己说："这可腻了！他们显然都叫威廉·威廉斯。我来把他们照这登上，休个假。"可是他错了；单单有一位名字叫约翰·琼斯的。

这表示假如过于无条件地信赖单纯枚举归纳，可能走上岔路。

培根相信他有方法，能够把归纳做成一种比这要高明的东西。例如，他希图发现热的本质，据他设想（这想法正确）热是由物体的各个微小部分的快速不规则运动构成的。

他的方法是做出各种热物体的一览表、各种冷物体的表以及热度不定的物体的表。他希望这些表会显示出某种特性，在热物体总有，在冷物体总无，而在热度不定的物体有不定程度的出现。凭这方法，他指望得到初步先具有最低级普遍性的一般法则。由许多这种法则，他希望求出有二级普遍性的法则，等等依此类推。如此提出的法则必须用到新情况下加以检验；假如在新情况下也管用，在这个范围内便得到证实。

某些事例让我们能够判定按以前的观察来讲均可能对的两个理论，所以特别有价值，这种事例称作"特权"事例。

培根不仅瞧不起演绎推理,也轻视数学,大概以为数学的实验性差。他对亚里士多德怀着恶毒的敌意,但是给德谟克里特非常高的评价。他虽然不否认自然万物的历程显示出神的意旨,却反对在实地研究各种现象当中掺杂丝毫目的论解释。他主张一切事情都必须解释成由致效因必然产生的结果。

培根对自己的方法的评价是,它告诉我们如何整理科学必须依据的观察资料。他说我们既不应该像蜘蛛,从自己肚里抽丝结网,也不可像蚂蚁,单只采集,而必须像蜜蜂一样,又采集又整理。这话对蚂蚁未免欠公平,但是也足以说明培根的意思。

培根哲学中一个最出名的部分就是他列举出他所谓的"幻象"。他用"幻象"来指让人陷于谬误的种种坏心理习惯。

他举出四种幻象。"种族幻象"是人性当中固有的幻象;他特别提到指望自然现象中有超乎实际可寻的秩序这种习惯。"洞窟幻象"是个别研究者所特有的私人成见。

"市场幻象"是关乎语言虐制人心、心意难摆除话语影响的幻象。"剧场幻象"是与公认的思想体系有关系的幻象;在这些思想体系当中,不待说亚里士多德和经院哲学家的思想体系就成了他的最值得注意的实例。这些都是学者们的错误:就是以为某个现成死套(例如三段论法)在研究当中能代替判断。

尽管培根感兴趣的正是科学,尽管他的一般见解也是科学的,他却忽略了当时科学中大部分正进行的事情。他否定哥白尼学说；只就哥白尼本人讲，这还情有可原，因为哥白尼并没提出多么牢靠的议论。但是开普勒的《新天文学》（New Astronomy）发表在1609年，开普勒总该让培根信服才对。吉尔伯特对磁性的研究是归纳法的光辉范例，培根对他倒赞赏；然而他似乎根本不知道近代解剖学的先驱维萨留斯（VesalAius）的成绩。出人意料的是，哈维是他的私人医生，而他对哈维的工作好像也茫然不知。固然哈维在培根死后才公布他的血液循环发现，但是人们总以为培根会知道他的研究活动的。哈维不很高看培根，说"他像个大法官似的写哲学"。假使培根原来对功名利禄不那么关切，他当然会写得好一些。

培根的归纳法由于对假说不够重视，以致带有缺点。培根希望仅只把观察资料加以系统整理，正确假说就会显明毕露，但事实很难如此。一般讲，设假说是科学工作中最难的部分，也正是少不得大本领的部分。迄今为止，还没有找出方法，能够按定规创造假说。通常，有某种的假说是收集事实的必要先决条件，因为在对事实的选择上，要求有某种方法确定事实是否与题有关。离了这种东西，单只一大堆事实就让人束手无策。

演绎在科学中起的作用，比培根想的要大。当一个假说必须验证时，从这假说到某个能由观察来验证的结论，往往有一段漫长的演绎程序。这种演绎通常是数理推演，所以在这点上培根低估了数学在科学研究中的重要性。

单纯枚举归纳问题到今天依旧是悬案。涉及科学研究的细节，培根排斥单纯枚举归纳，这完全正确。因为在处理细节的时候，我们可以假定一般法则，只要认为这种法则妥善，就能够以此为基础，建立起来多少还比较有力的方法。约翰·斯图亚特·穆勒设出归纳法四条规范，只要假定因果律成立，四条规范都能用来有效。但是穆勒也得承认，因果律本身又完全在单纯枚举归纳的基础上才信得过。科学的理论组织化所做到的事情就是把一切下级的归纳归拢成少数很概括的归纳——也许只有一个。这样的概括的归纳因为被许多的事例所证实，便认为就它们来讲，合当承认单纯枚举归纳。这种事态真不如意到极点，但是无论培根或他的任何后继者，都没从这局面中找到一条出路。

培 根 生 平

弗朗西斯·培根（Francis Bacon，1561—1626）在1561年出生于伦敦一个官宦世家，父亲尼古拉·培根是伊丽莎白女王的掌玺大臣，曾在剑桥大学攻读法律，他思想倾向进步，信奉英国国教，反对教皇干涉英国内政；母亲安妮·培根是一位颇有名气的才女，她精通希腊文和拉丁文，是加尔文教派的信徒。良好的家庭教育使培根各方面都表现出异乎寻常的才智。

1573年，年仅12岁的培根被送入剑桥大学三一学院深造，大学中的学习使他对传统观念和信仰产生了怀疑，开始独自思考社会和人生的真谛。三年后，培根作为英国驻法大使的随员旅居法国巴黎。短短两年半的时间里，他几乎走遍了整个法国，这使他接触到不少新的事物，汲取了许多新的思想，并且对其世界观的转变产生了极大的影响。

1579年，父亲突然病逝，他要为培根日后赡养之资的计划破灭，培根不得不回到伦敦。由于生活开始陷入贫困，在回国奔丧之后，培根进入了葛雷法学院，一面攻读法律，一面四处谋职。

1582年，21岁的培根取得了律师资格，此时，培根思想上更为成熟了，他决心把脱离实际、脱离自然的一切知识加以改革，并且把经验和实践引入认识论。这是他"复兴科学"的伟大抱负，也是他为之奋斗一生的志向。

1584年，23岁的他当选为国会议员。

1589年，成为法院出缺后的书记，然而这一职位竟长达20年之久没有出现空缺。他四处奔波，却始终没有得到任何职位。

1602年，伊丽莎白去世，詹姆士一世继位。由于培根曾力主苏格兰与英格兰的合并，受到詹姆士的大力赞赏。培根因此平步青云，扶摇直上。1602年受封为爵士，1604年被任命为詹姆士的顾问，1607年被任命为副检察长，1613年被委任为首席检察官，1616年，被任命为枢密院顾问，1617年提升为掌玺大臣，1618年晋升为英格兰的大陆官，授封为维鲁兰男爵，1621年又授封为奥尔本斯子爵。但培根的才能和志趣不在国务活动上，而存在于对科学真理的探求上。这一时期，他在学术研究上取得了巨大的成果。并出版了多部著作。

1621年，培根被国会指控贪污受贿，被高级法庭判处罚金四万磅，监禁于伦敦塔内，终生逐出宫廷，不得任议员和官职。虽然后来罚金和监禁皆被赦免，但培根却因此而身败名裂。从此培根不再理政事，开始专心从事理论著述。

1626年，3月底，培根坐车经过伦敦北郊。当时他正在潜心研究冷热理论及其实际应用问题。当路过一片雪地时，他突然想做一次实验，他宰了一只鸡，把雪填进鸡肚，以便观察冷冻在防腐上的作用。但由于他身体孱弱，经受不住风寒的侵袭，支气管炎复发，病情恶化，于1626年4月9日清晨病逝。